浮遊

Fuyu

遠野遥

河出書房新社

浮遊

1

乗り込んだ電車は空いていて、席に座ることができた。コートのポケットからスマホを取り出すと、父親からの電話とＬＩＮＥが来ていた。

ふうかちゃん、期末テストおつかれさまです。今日が最終日でしたよね。予定表を見ました。最近連絡がないけれど、元気ですか。連絡がないということは、とくに困っていることがないということだから、それはそれで良いことなのかもしれませんね。ちなみにですが、お父さんも元気でやってます。

さっきの電話は、気にしないでください。たまたまテレビで、何年以内に何パーセントの確率で首都直下地震が来るとか来ないとかそういう特集をやっていて、つい心配になってかけてしまっただけです。

お友達のおうちは、地震が来たときの備えはしてありますか。心配性だと思われそうですが、やはり準備はしておいたほうがいいとお父さんは思います。非常時の水や食料はありますか。懐中《かいちゅう》電灯とか、蠟燭《ろうそく》とかマッチもあったほうがいいかもしれません。言い出したら切りがないのですが、うっとうしいと思われそうなのでこのへんにしておきます。

テレビでやっていましたが、災害時に必要なものが一式入ったリュックなども売っているそうだから、そういうのを買っておくのもいいと思います。ふうかちゃんも、良かったらネットで調べてみてください。けっこうおしゃれなのも、今はあるみたいです。

もし気に入ったのがあったら、お父さんが買って送ってあげるので、言ってください。なんでもかんでも買ってあげるのは良くないと思うけど、これはふうかちゃんの命にかかわることだからね。そういうのはなんでも買ってあげます。
追伸《ついしん》：忙しいと思うけど、気が向いたらたまには帰ってきてね。

思った通り、大した内容ではなかった。父親から来るＬＩＮＥは、読み手のことを考えていない。スクロールしないと読めないような長文はものすごく一方的だ。短いやりとりならそこまで苦ではないが、こうも色々なことが書かれていると、どこから返事をすればいいのかわからなくなる。

私は折り返しの電話も返信もしなかったが、碧《あお》くんに災害対策はしているかとＤＭを送った。してないかもとすぐに返事が来た。父親と碧くんはほぼ同い年だが、全然違う。碧くんの良いところはたくさんあるが、ＤＭの文章が簡潔《かんけつ》で、返信が早いところもそのひとつだ。蠟燭とかあったほうがいいかも、買って帰ろうかと送ると、お願いと返事が来た。

電車を降り、近所のスーパーで缶詰の食べ物と二リットルのミネラルウォーター一本、それから懐中電灯と蠟燭とマッチを買った。食べ物とミネラルウォーターは、もっと買っておかないといけないだろう。でも重いからあとはネットで買ったほうがいいと思った。ネットで買えば、運ぶのは私ではなく配達員だ。いつものように碧くんのカードで支払い、領収書もお願いした。買い物のときにカードを出したり領収書を頼むと、店員さんが私の顔を見てくるのもいつものことだ。

家に帰ると、碧くんは誰かと電話をしていた。話し方や内容から、相手は碧くんの会社の誰かだとわかった。碧くんはアプリを作る会社のＣＥＯで、会社をつくったのも碧くんだ。でも、碧くんは会社の人みんなに敬語を使う。私は会社で働いた経験がないが、これは普通のことではないと思う。父親が部下の人と話すのを聞いたことがあるけれど、敬語は使っていなかった。学校でも、先生のほとんどは生徒に敬語を使わない。だから、どうしてみんなに敬語を使うのかと碧くんに聞いたら、ＣＥＯというのはただの役割で、他の人より偉いわけではないからだと言っていた。

邪魔をしないように、スーパーの袋をそっと床の上に置いた。私たちが住むこの地球を守るため、買い物のときはエコバッグを使うようにと碧くんから言われているのに、今日も袋をもらってしまった。学校の帰りにふとスーパーやコンビニに寄りたくなることもあるから、学校にもエコバッグを持っていかないといけなかった。でも、つい忘れてしまう。冷蔵庫に入れないといけないものはないから、買ったものの置き場所はあとで碧くんに相談すればいいと思った。食料品の置き場所なら知っているけれど、災害用のものは別のところに置いたほうがいいのかもしれない。

手洗いと着替えを済ませてリビングに戻った。テーブルの上には、私宛の包みがあった。今日届くと伝えておいたから、碧くんが受け取ってくれたのだろう。包みを開けると、注文したゲームソフトが入っていた。母親がまだうちにいたときはリビングでよくホラーゲームをしていたから、それを見ていた私もやるようになった。経験はそれなりにあるから、説明書は脇に置いた。わからないことがあったときに読めばいいだろう。

テレビの電源を入れ、それからゲーム機の電源を入れた。ゲームの音が漏《も》れないように、イヤホンを耳につけた。碧くんの仕事の邪魔をしてはいけないし、イヤホンで音を聴いたほうがゲームの世界に没頭することができる。碧くんが電話しながら立ち上がり、さりげなく部屋の照明を少し落としてくれる。ゲームをするとき、私が部屋を暗くしたがるのを知っているからだ。

部屋が暗くなると、ソファの隣に置かれたマネキンの存在感が増した。ワンピースを着た百七十センチ近くある女性のマネキンは、ソファの背もたれに手をかけ、のっぺらぼうの顔で私を見下ろしていた。部屋の中にこれほど大きいマネキンがあるのはもちろん不気味だった。

このマネキンは、碧くんが数ヶ月前まで付き合っていたアーティストの作品だ。自分の体の寸法を何十箇所も測り、その通りにつくったものだという。もともと展示が終わったあとは碧くんに渡すつもりだったらしい。私は聞いたことがなかったけれど、若手のアーティストとしては有名な人みたいだった。SNSで名前を検索すると、フォロワーが五万人くらいいた。時々モデルの仕事もしているようだった。碧くんより十歳くらい年下で、私より十歳くらい年上の人だ。アーテイストとしての名前は別にあるけど、碧くんが紗季《さき》と呼ぶから私も紗季さんと呼んでいた。

紗季さんは以前ここに住んでいて、私は紗季さんと入れ替わりで碧くんの家へやってきたことになる。碧くんがあまり話したがらないから、私もよく知らないけれど、何かトラブルがあって突然別れることになったらしい。私が来たばかりの頃は、紗季さんの物がまだ残っていた。大体は碧くんが処分したけれど、碧くんも把握していなかった物が、引き出しや戸棚の奥から時々出てきた。私が紗季さんの物を見つけるたびに、碧くんはごめんねと言ってすぐに捨てた。最後に残ったのがこのマネキンだ。

マネキンは他の物と違って作品だから、処分するには一応向こうに許可をもらわないといけないと碧くんは言った。でも紗季さんとは別れて以来連絡がとれず、捨てるにしても細かく切断しないといけなくて、それも大変だという。それにインテリアとしては気に入っているというから、それ以上強くは言えなかった。ここはもともと碧くんの家だし、私は家賃や光熱水費を一円も払っていない。

「おかえり。手洗った？」

碧くんが言った。仕事の電話は終わったらしかった。私が手を洗ったかどうかを碧くんはいつも気にする。手を洗い忘れたことなどないのに、いつもいつも確認されるのはちょっと嫌だった。いつだったか私がそう言ったとき、碧くんはごめんと謝り、でもふうかちゃんくらいの年齢の子はちゃんと手を洗っているイメージがないと言った。

「期末お疲れ。ケーキ買ってあるよ。苺《いちご》のショートケーキ」

「え！　ありがとう」

「もっと暗くしていいよ。僕、ちょっとだけ向こうで仕事する。終わったらハンバーグ食べない？　材料買ってきた。サラダもあるし」

「ハンバーグ作ってくれるの。碧くんも仕事して疲れてるよね」

「うん、お料理代行の人が作ってくれたのは食べ切ったし。もうハンバーグの口になってるから作らずにいられない。ケーキはごはんのあと食べようね」

「嬉しい。ケーキはごはんのあとね」

この家にはお料理代行の人が毎週来てくれるけれど、碧くんも時々自分の食べたいものを作ってくれる。ハンバーグは碧くんの好物で、一緒に外食するときもよく食べていた。

「それじゃ後で」

碧くんがリビングから出ていった。私は災害に備えて買ってきた蠟燭に火をつけ照明を消した。普段から使っておいたほうが災害のときにうろたえなくて済むと思った。

テレビの画面に、ゲームのタイトルが表示された。不気味なフォントで『浮遊』と書かれている。始めたあとで動きたくないから、ウォーターサーバーの水をグラスに注いでソファに戻った。コントローラーを操作し、ニューゲームを選択した。

突然、何かの目が画面いっぱいに現れた。思わず体に力が入る。この家のテレビは大きいから迫力がある。徐々に視点が引いていき、顔全体が見え、やがてその生き物の全身が見えた。ふくろうだった。本物ではなく剝製《はくせい》のようだ。一体だけではなく何体もある。あまりにも数が多く、向こう側にある壁が見えにくいほどだった。ふくろうは頭上にもおり、天井もほとんど見えない。ふくろうの群れが照明をさえぎっているからか、室内は暗い。

視点が切り替わり、女の子が画面に映った。彼女はふくろうの剝製に囲まれていた。ということは、先ほどまでの映像はこの子の視点だったのだろうか。歳は私と同じくらいに見えた。季節は冬なのか、ダッフルコートを着て、マフラーまで巻いていた。私と同じで、彼女も状況が理解できていないらしい。落ち着きがない様子でふくろうの群れを見回していた。まもなく、閉館時間です――。不意にアナウンスが流れ、彼女が悲鳴を漏らす。私は悲鳴こそ漏らさなかったが、少しだけ肩が跳ね上がってしまった。

ふくろうの合間を縫《ぬ》うようにして歩き、彼女は部屋の外に出た。外は廊下になっていて、照明のあかりが十分にあり、何組かの客が歩いていた。手を繋いで歩いている若いカップルがいて、小学生くらいの男の子を連れた裕福そうな夫婦がいた。どの人間も、暖かそうなコートに身を包み、満たされたような笑みを浮かべていた。彼女はまだ事情が呑み込めていないようだが、少しだけ落ち着きを取り戻したように見えた。

ここでようやく私がこの女の子を操作できるようになった。あたりを見回してみる。壁に掛けられた時計を見ると、時刻は二十二時になろうとしていた。うろうろと歩き回ってみる。操作性は悪くなかった。壁面の館内図によると、どうやらここは美術館の中らしい。ふくろうの剝製があった部屋は展示室のようだ。ゲームの基本として廊下を歩く人たちに話しかけようとするが、会話は発生しない。目についた扉を調べようとすると「早く外に出なくちゃ」というテキストがそのたびに表示され、あきらめてエレベーターに乗るしかなさそうだった。

視界の端で何かが光り、そちらを見ると碧くんがキッチンの小さな明かりをつけたみたいだった。ゲームに集中していて、リビングに入ってきたのに気付かなかった。碧くんが笑みを浮かべた。悪戯《いたずら》がばれた子供みたいな笑い方だった。ゲームの邪魔をしないように、音を立てずにキッチンまで歩いたのだろう。私もコントローラーを顔の前で小さく振ってみせた。碧くんが手を洗い始めた。碧くんは手洗いに毎回一分以上時間をかける。手をさっと濡らしてすぐにハンドソープをつけるのではなく、まず流水だけでしっかりと予洗いを行う。それから液体タイプのハンドソープがもこもこと泡立つまで手のひらで育て、手全体に広げていく。爪と指の隙間や手首まで丹念に洗う。碧くんの影響で、私もいつしか丁寧に手を洗うようになった。

手を洗い終えると、碧くんは包丁で具材をカットしはじめる。碧くんは料理の手際が良い。ごはんができあがるまで、そう時間はかからないだろう。しっかりと手を洗ってくれるから、碧くんが作るものは安心して口に入れることができた。父親の手料理とは大違いだ。父親が作ったものを、私はどうしても口に入れる気にならなかった。が、父親が手を洗っていなかったわけではない。

エレベーターから降り、ビルの外に出た。外に出てから気付いたが、私は小学生のときにここへ来たことがあった。両親と一緒だったから、まだ低学年の頃だ。スヌーピー展をやっていた。チャーリー・ブラウンとルーシーの大きな人形があって、そこで記念撮影をした。私はチャーリー・ブラウンとルーシーの間に立った。チャーリー・ブラウンの隣に母親が立ち、ルーシーの隣に父親が立った。ということは、写真はスタッフか、別のお客さんが撮ってくれたのだろう。私はそのとき、父親と母親の立ち位置は逆にしたほうがいいのではないかと考えていた。今となってはどちらでもいいことだ。

彼女は再び私の操作を離れ、落ち着かない様子で周囲を見回した。閉館時間だからビルの外に出てきたものの、自分が置かれている状況がまだ呑み込めていないみたいだった。

彼女の視点なのか、案内板がテレビの画面に映った。右に行けば麻布十番駅があり、左に行けば乃木坂駅があると書かれていた。どちらの駅名も、彼女には覚えがないらしい。それどころか、彼女は自分の家がどこにあるのかさえも思い出せない様子だった。

時刻はもう二十二時を過ぎたはずだが、あたりにはまだいくらか人通りがあった。彼女は往来の邪魔にならないように道の端に寄り、自分の持ち物を点検した。彼女は肩から小ぶりな鞄《かばん》を下げていた。彼女の持ち物のはずだが、見覚えはないようだった。鞄の口を開けて中を覗いた。何も入っていなかった。コートのポケットに手を入れてみても、同じく何も入っていなかった。財布《さいふ》も持たず、美術館の中に入ったことになる。彼女は混乱しかけたが、無料で入れるスペースだったのだと自分で自分に言い聞かせた。

操作が私に戻った。手がかりが何もないから、とにかく大通りに沿って歩いた。あちこちにイルミネーションの光が見え、クリスマスツリーを出している店もあった。しばらく行くと、交番があった。警察に助けを求めるべきだと思ったが、交番には人の気配がなかった。大きな交差点にぶつかり、あてはないけれど左に曲がった。今まで歩いてきた道は六本木通りで、これから歩いていく道は外苑西通りというらしい。調べられそうな箇所はすべて調べながら外苑西通りを進んだ。しかし、イベントは何も起こらない。道行く人に話しかけようとしても、相変わらず会話は発生しない。途中、コンビニに寄ることができたけれど、何の情報も得られず、買い物をすることさえできなかった。

南麻布四丁目という街区表示板が目に入った。美術館からここまで、それなりの距離を歩いてきたはずだった。目の前にはまた大きな交差点があった。どちらに進めばいいのか見当もつかない。歩道橋が見え、階段を上った。真下の大きな道を何台ものタクシーが通過していく。もしかしてタクシーを拾って色々な場所を回ることができないかと思ったが、この子は財布を持っていない。

ここで私から操作が離れた。彼女が何かを見つけたみたいだった。歩道橋の向こう側に病院が見えた。彼女はその場所に興味を持ったらしい。自分の帰るべき家が思い出せないのは頭を打ったか何かしたからで、病院で医師の診察を受けたほうがいいというのが彼女の考えのようだった。私はまず警察に行くべきだと思った。が、彼女の意見に従って病院に向かった。

正面入口はもう閉まっているようで明かりもついていなかった。この時間では仕方のないことだ。立往生《たちおうじょう》していると、救急車のサイレンが聞こえた。音の聞こえたほうへ行くと、病院の敷地内に救急車がゆっくりと入ってくるところだった。救急車のバックドアから救急隊員の手で患者が運び出され、それを看護師が出迎えた。付き添いの人間が荷物を持って救急車から降り、心配そうな様子であとに続いた。彼女はしばらく躊躇《ちゅうちょ》していたが、最後尾に連なるようにして病院の中に入った。

深夜にもかかわらず、病院の中は慌ただしかった。患者なのか、患者の家族なのか、年配の女の人が看護師と大声で何かを言い合っていた。若い医師が駆け足で処置室の中に入っていった。姿は見えないが、どこかの部屋から痛みを訴える大きな声が聞こえた。眼鏡をかけた受付の若い男は左手で受話器を持ち、右手で書きなぐるようにメモをとっていた。彼女は受付の男が受話器を置いたタイミングを見計らい、あの、と声をかけた。しかしすぐに次の電話が鳴り、取り合ってもらえなかった。通りかかった看護師にも声をかけたが、声が小さすぎたのか、彼女には目もくれず歩いていった。

ここで操作が再び私に戻った。近くにいる人間に何度か話しかけてみたが、誰も彼女の話を聞かない。仕方がなく、廊下を奥のほうへと進んだ。いくつか並んだ診察室の前を通り過ぎ、第二CT室と書かれた部屋を右手に見ながら細長い廊下を歩いていった。進むにつれて人気《ひとけ》がなくなり、やがて誰の声も聞こえなくなった。診療エリアから出たのか、途中から廊下の明かりも途切れた。それでも奥へ進んでいった。廊下は不自然なほど長かった。

「どうしましたか」

突然声が聞こえ、思わず息を呑んだ。イヤホンをつけていると、まるで自分のすぐ後ろに誰かがいるかのようだ。テレビの中の彼女も短く悲鳴を上げた。彼女が振り向く。すぐ近くに、白衣を着た年配の男性が立っていた。頭髪には白髪が混じっていて顔にはシワが目立ち、左頬のあたりに大きなシミがあった。シミのかたちには特徴があり、長野県のかたちによく似ていた。

「面会ですか」

初めてまともに話を聞いてくれそうな人が現れ、安心したのだろうか。彼女は少しほっとした様子だった。面会ではなくて、と彼女は答えた。気付いたら記憶がなくなっていて、こんな時間に申し訳ないけれど、できれば診てもらいたいのだと彼女は言った。

突拍子《とっぴょうし》もない話だが、医師はすぐに事情を呑み込んだようだった。

「それは心細かったでしょう。ついてきてください、すぐに診てあげますからね」

医師は病院の奥のほうへ歩き出した。診察室は逆ではないかと彼女が聞くと、医師は先ほどの言葉を繰り返した。

「ついてきてください、すぐに診てあげますからね」

不審に思った彼女は、その場から動かなかった。すると前を歩いていた医師が振り返り、彼女にゆっくりと近付いてきた。

「どうかしましたか。早く処置しないと手遅れになるかもしれませんよ」

何か様子がおかしかった。どこからか、逃げろ、という声が聞こえた。その声に背中を押されるようにして、彼女は走り出した。

ここで操作が私に戻った。

「怖がらないでください、すぐに済みますからね」

私は廊下をまっすぐに進んでいったが、どういうわけか医師に先回りされ、首を絞《し》められ画面が真っ赤になった。どうやら医師に捕まってしまうとゲームオーバーになるようだ。どこかに身を隠し、医師をやり過ごす必要があるらしい。すぐにコンティニューし、近くにあった扉の開いている部屋に逃げ込んだ。

部屋の中にはからっぽのベッドが四つ並んでいた。一番奥のベッドの下に隠れると、隙間から足が見え、医師が中に入ってきたことがわかった。

「大丈夫ですよ、痛いことはしませんから」

医師は同じ台詞を繰り返しながら部屋の中をゆっくりと歩き回っていたが、しばらくすると出ていった。しかし、やり過ごしたと思って這い出すと医師がなぜかベッドの上におり、背後から首を絞められた。

コンティニューし、ほかのベッドも試してみた。しかし、やはり医師に見つかってしまった。部屋を変え、ロッカーの中や戸棚の中にも隠れてみたものの、そのたびに見つかって引きずり出された。結局、物置のような部屋にある大きなゴミ箱の中に隠れないといけなかったのだが、それに気付くまで何度も繰り返し医師に首を絞められた。

ゴミ箱の中に隠れると、周囲の状況はまったくわからなくなった。隠れている時間の長さも結果に影響するかと思い、しばらくゴミ箱の中で待つことにした。水をひとくち飲むと、グラスが空になった。立ち上がってウォーターサーバーのほうへ歩き、グラスを水で満たした。ついでにキッチンを覗いて碧くんの料理の進捗《しんちょく》をうかがった。碧くんはスマホを触っていた。休憩中かと聞くと、仕事のメールを返していたところだという。

「でもいいところに来た」

そう言って碧くんは、火にかけたフライパンにハンバーグの種をすべらせた。ジュワ、と弾けるような音がして肉の焼ける匂いが立ちのぼる。私はぱちぱちと拍手をした。

ふうかちゃんもやるかと、碧くんがフライ返しを差し出した。

「ふうかもやろうかな」

碧くんからフライ返しを受けとり、バットに残っていたハンバーグ種の下に差し込んだ。フライパンの上にのせると、碧くんがやったときと同じ音がした。

碧くんはハンバーグの中央にフライ返しでちょんちょんとしるしをつけ、こっちがふうかちゃんのだと言った。

「なんか書いてあるほうがふうかのね。油は引かなくていいの?」

「成形する過程で表面に脂がついてるから大丈夫。付け合わせはもうできてるから、ハンバーグができたら完成だよ」

「おいしそう」

「ゲームはどう?」

「難しくて何回も死んでる」

「もう少しだけ待ってて」

「うん、待ってる」

ソファに戻り、ゲームを再開した。そろそろ切りのいいところで中断したほうがよさそうだった。

何度も失敗していたから、どうせ今回も駄目だと思いながらゴミ箱の外に出た。部屋の中には誰もいなかった。でも、まだ安心はできない。ゆっくりと扉のほうへ歩き、部屋の外に出ようとしたところで背後から声が聞こえた。

「まだ行くな」

さっきまでは誰もいなかったはずなのに、部屋の奥に中年の男性が立っていた。灰色のシンプルな丸首Tシャツに、同じ色のズボンとスニーカーを合わせている。男性は明らかに肥満で、不自然なほど大量の汗をかいていた。

「あれは悪霊だ。捕まったら殺される。いや、君の肉体はもう死んでるんだが、魂が消滅する」

太った中年男性はかけていた眼鏡を外し、首にかけたタオルで顔の汗をぬぐいながら言った。脂肪《しぼう》が声帯を圧迫しているのか、男性はひどく苦しそうに喋《しゃべ》った。話しかけても誰も反応してくれなかったのはそういうことかと私は思った。彼女のほうは、この中年男性の言っていることがうまく理解できていない様子だった。何か言いかけたが言葉にならず、目を見開いて男性の顔を凝視《ぎょうし》している。

「そのマフラー、どうしたんだ？　こたつの中で丸まった猫のような、何かあたたかい力を感じる。少しの間だけ君を守ってくれるかもしれない」

太った中年男性は、彼女が首に巻いているマフラーのことを言っているらしい。

彼女は男性のほうを警戒しつつ、自分が首に巻いていたマフラーを手に取って眺めてみた。ねずみ色をした無地のマフラーは、よく見ると手で編まれたもののようだった。

マフラーの端には、色の違う糸で文字が小さく縫い付けられていた。「YUKI」と書いてあるようだった。でも、彼女には心当たりがないらしい。

「きっと君の名前だろう。名前がわかるものを持っているなんて、君は運が良いみたいだ。もしかしたら自分のことを思い出せるかもしれないな」

太った中年男性が首周りの汗をタオルでぬぐいながら言った。男性が着ている灰色のTシャツは、汗を吸いすぎて黒に近い色になっていた。イルミネーションが出ている季節なのに、なぜこのような薄着でこれだけ汗をかけるのか、私には理解できなかった。

「そのマフラーを握りしめてどうか私を守ってくださいと祈るんだ。そうすれば少しの間、悪霊には君のことがわからなくなる。その間にまっすぐ出口まで走って病院を出るんだ。あの悪霊は、おそらく病院の外には出られない」

男性はそこで言葉を切り、タオルで汗をぬぐった。呼吸を整えているようだった。彼女は身じろぎもせず、男性の言葉を待った。

「でも一応、どこか明るいところまで逃げろ。良くないものは、良くないものを引き寄せるから。だから、できるだけ笑顔の人がたくさんいて、あたたかくて、楽しくて幸せな気分になれるような場所が良い。この時間だから難しいと思うが、あきらめずに探せばどこかにきっとある。あきらめるな」

ここで操作が私に戻った。太った中年男性に話しかけてみたが、無言で汗をぬぐうばかりで、もう会話は発生しなかった。

メニューを開き、言われた通りマフラーを使った。ぼんやりとした光が、彼女の全身を包み込んだ。すぐに部屋から飛び出し、出口のほうへと走った。角を曲がってすぐのところに医師が立っていてひどく驚いたが、こちらの姿は見えていないみたいだった。しかしマフラーの効力が切れたのか、しばらくすると医師はあとを追ってきた。医師のほうが彼女よりも速く、差はどんどん縮まっていった。出口の自動ドアはすぐそこだ。医師は今や、手を伸ばせば届きそうなほどの距離にいた。ほとんど飛び込むように自動ドアの向こう側へ抜ける。振り向くと、閉まっていく自動ドアのすぐ向こうで、医師がこちらをにらみつけていた。どうやら本当に病院の外には出られないらしい。

太った中年男性がどこか明るいところまで逃げろと言っていたのを思い出し、とにかく病院から離れた。具体的にどこへ行けばいいのかはわからなかったが、とりあえず大通りに出た。そのとき、顔の前にお皿が差し出された。ゲームに集中していた私は、もう少しで悲鳴を上げるところだった。碧くんが私を見下ろして笑っている。皿の上にはにんじんといんげんが添えられたハンバーグがのっていた。

「おいしくできた。サラダとパンもあるよ」

私は慌ててイヤホンを耳から外し、セーブをしてゲーム機の電源を切った。

2

小学校の五年か六年くらいの頃、馬跳びをする機会があった。体育の授業の一環だったのか、クラスメイトの誰かが始めた遊びだったのか、どうして馬跳びをすることになったのかはもう覚えていない。

奇妙な体勢で一列に並んだクラスメイトたちと、それを跳び越えていくクラスメイトたちを見て、一体何をしているんだろうと思ったのを覚えている。私はできれば馬になんてなりたくなかった。自分が何のために生まれてきたのか、それはわからなかったし、今もわからないけれど、少なくともこんなことをするためではないと思った。でも、そのときは簡単に拒否できるような状況ではなかったのだろう。

一緒に馬跳びをしていた子の中に、一際背が高く、手足の長い女の子がいた。マコトという名前だった。マコトは髪を明るい色に染め、大人っぽく、とても自分と同い年には見えなかった。マコトが近くの図書館のトイレで、父親くらいの年齢の男とセックスをしていたらしいということは、私たちの学年では有名な噂だった。噂が本当だったのかどうかは今も知らない。

マコトが私の背中に手をついて前に跳んだとき、私は反対に、大きくうしろへとよろめいた。今でもそうだけれど、そのときから私は、ほかの子たちに比べて体が小さかった。背の順ではいつも一番前だった。だから、小学生離れしたマコトの体を私が支えきれなかったのも当然だった。最初から無理があったのだ。

なんとか転ばないように、体勢を立て直そうとして体に力を入れてみたが逆効果だった。むしろ勢いがつき、ぐるんと回転しながら地面に体を打ちつけた。私は昔から運動神経が悪く、自分の体を上手く操ることができない。好きなアーティストのダンスを真似しようとしても、手足をどう動かせば振付通りに踊れるのかよくわからなかった。スポーツも、種目を問わずすべて苦手だった。

マコトの次の順番の子が、すぐうしろまで来ていた。彼女はもう少しで私を踏むところだったが、悲鳴のような声を上げて笑い、私のことをうまくまたいだ。マコトは私が倒れたことに気付いていなかった。私の次の馬を跳び、その次の馬も跳んだ。私は地面に転がりながら、マコトの背中がどんどん遠ざかっていくのを見ていた。

体の右側から地面に落ちたから、体の右側の色々なところに傷ができた。ただ転んだだけの傷だから大怪我というほどではない。病院には行かなかった。保健室で手当てくらいは受けたと思う。だいたいの傷は、時間が経つとある程度きれいに治った。明るいところでよく見ればわかるけれど、ふつうに生活していれば気にならない。でも、右膝の傷痕だけはきれいに治らなかった。しかも、不自然に盛り上がっている。触ってみると硬い。色は、肌というよりは唇の色に近く、気味が悪かった。

傷痕が残っているだけならまだよかったのだが、あれから五年ほど経った今になって、なぜか傷痕が少しずつ大きくなっていた。最初は気のせいかと思ったけれど、もう認めるしかない。人差し指で隠せる程度の大きさだったのが、中指も使わないと隠せなくなっていた。かたちも変化していた。楕円形《だえん》だったはずの傷痕は、今では兵庫県のようなかたちをしていた。見ていると気が滅入った。せめて制服で隠せるところにあればよかったのに。いや、服で隠れない箇所だったから傷ができたのか。もしかして、このまま脚全体が少しずつ傷痕に侵蝕《しんしょく》されてしまうのだろうか。さすがにそんなことにはならないだろうと思いつつ、不安な気持ちは抑えられなかった。

周囲の大人が、もっと早く受診を勧めてくれたらよかった。でも誰も何も言わなかった。話題にしないほうがいいと思ったのだろうか。碧くんからも、傷痕について何か言われたことは一度もなかった。でも、誰かに言われなくても病院に行ったほうがいいのは前からわかっていた。医者から何か恐ろしいことを言われるのが怖くて、なかなか決心がつかなかったのだ。

目的地に着き、電車を降りた。初めて降りる駅だった。降りる人はそれほど多くなかった。通勤ラッシュの時間は過ぎたからだろうか。

改札から出て、今度はバスに乗り換えた。膝の傷痕を診てもらうために、病院へ向かっていた。先日、近所の皮膚科へ行ったところ、紹介状を書くからここへ行きなさいと指示された。調べてみると、けっこう大きな病院だとわかった。普通のクリニックでは手には負えないような症状なのかと思うと気が重かった。碧くんについてきて欲しかった。でも碧くんは仕事で忙しいし、もう子供ではないから病院くらいひとりで行かないといけない。

バスは病院の目の前に停まった。数年前に大規模改修を行ったという建物はきれいで、なんとなく信用できそうだった。正面入口から入ると人型の白いロボットが立っていて、話しかけると簡単な案内をしてくれるらしい。試してみたい気もしたが、すでに年配の女の人がロボットに話しかけていて、終わるのを待っていると長くなりそうだった。幸い、受付の場所はすぐにわかった。

受付には、私とさほど年齢の変わらなそうな女の人が制服を着て立っていた。アルバイトだろうか。高校を卒業してすぐに就職したのかもしれない。ネームプレートには「西田」と書かれていた。私は西田さんに声をかけ、予約していることを告げて保険証を見せた。

保険証を受け取った西田さんは渋い顔をして言った。

「すみません、今日は大変混雑していまして、かなりお待ちいただくことになります」

「どのくらいですか？」

「十二時頃になるかと思います」

壁に掛かった時計を見ると、針は十時十分を指していた。ちょうど時計売り場で売られているときのかたちだった。

私は少し面食らってしまい、しばらくの間ぼんやりと時計を眺めていた。西田さんのほうを見ると、西田さんも一緒になって時計を見つめていた。

「予約していてもそんなに待つんですね。十時半の予約だったと思うんですけど」

「はい、申し訳ございません。今日はとくに混雑していまして」

番号札を受け取り、受付をあとにした。混雑しているなら仕方ない。あと何十回も同じ説明を繰り返さないといけないのかと思うと、西田さんがかわいそうだ。私は父親と碧くんから一枚ずつクレジットカードをもらっているから、働く必要がない。いくらでも使っていいわけではないけれど、物欲があまりないから不自由したことはない。父親と碧くんのクレジットカードがなかったら、私も西田さんのように働いて、自分のせいではないことで謝ったりしないといけないのだろう。私はもう少しふたりに感謝したほうがいいのかもしれない。

二階にカフェレストランがあるという表示が見え、階段を上った。店内は混んでいたが、タイミングが良かったのか、窓際の席が空いていた。窓からは一階の待合ホールが見下ろせた。誰か偉い人でも来たのか、背広を着た男性四、五名がひとりの年配の男性を囲み、大袈裟《おおげさ》な案内をしていた。白衣を着た若い男性が小走りにホールを横切り、それを追うように看護師らしき女の人が走っていった。学校の廊下を走る生徒は先生に注意されたが、病院は走っても構わないのだろうか。

受付の近くに男の人がいて、ガラスを一枚隔てていても聞こえてくるほどの大声を出していた。制服を着た女の人が対応していて、男の人に頭を下げていた。西田さんのようにも見えたけれど、こちらを向いていないため顔は見えず、西田さんではないかもしれない。いずれにせよ、やはり働かずにいられてよかったと思った。学校は楽しくはないけれど、少なくともあんな風に怒鳴りつけられることはない。

怒鳴っている男の人は、待ち時間が長すぎると言いたいようだった。一時間だぞ、という声が聞こえた。文句を言っても待ち時間が短くなるわけではないのだから、あの人のしていることは無駄だし、意味もなく病院の人の時間を奪い、疲れさせ、話を聞いている周りの人にも嫌な思いをさせて、色々な人にたくさん迷惑をかけていると思った。私なんて二時間だし、大人なのだから一時間待つくらいで感情的にならないでほしい。カフェに行くなり、時間の潰し方はいくらでもあるはずだった。病院はもう少し静かな場所かと思っていたが、そうでもないらしい。でも、こうしてガラス一枚隔てた安全な場所から眺めている分には退屈しなくてよかった。

おなかが空いていることに気付き、時間は早いけれどサバの塩焼き定食を注文した。病院のレストランだから薄味なものが出てくるのかと思ったけれど、サバにはしっかりと味がついていた。サバを食べ終わって時計を見ると、やっと十時半を過ぎたところだった。コーヒーを追加で注文してみたものの、西田さんの説明によればまだ一時間以上あった。

何もすることのない時間ができると、どうしても考えが悪いほうにいってしまう。手術が必要だと言われたらどうしようとか、脚を切るしかないと言われたらどうしようとか、治療法が見つからなくて、このまま全身が傷に侵されてしまったらどうしようとか、ついそういうことを考えてしまう。昨日は学校でも傷痕のことを考えていて、宿題の範囲を聞き逃してしまった。仕方なく廊下まで先生を追いかけていって教えてもらった。恥ずかしかった。気軽に聞ける友達がいないから、聞き逃すことのないように気をつけていたのに。

それくらい病院に行くのは怖かったが、それでも家に帰ってゲームをしていると不安は不思議と薄れた。おそらく、作り物の恐怖で頭の中を満たすと、現実の不安をいくらか忘れることができるのだ。けれど、こうして何もせずじっとしているとまた怖くなってきた。このまま診察を受けず家に帰ってしまいたい。現実から目をそらして作り物の恐怖にひたっていたい。あるいは布団を頭までかぶって眠ってしまいたい。目覚めたら傷痕がすっかりなくなっているとなおいい。

大学生くらいの男の店員さんがコーヒーを運んできた。ネームプレートには松田と書かれていた。松田さんは色白で、少しくしゃっとさせたセンターパートの髪型がよく似合っていた。碧くんが大学生だった頃は、きっとこんな感じだったのではないだろうか。身長も同じくらい高そうだ。

「ミルクと砂糖はお使いになりますか?」

松田さんは早口で声が高く、碧くんの低く落ち着いた声とは似ていなかった。よく見れば顔立ちも似ていない。なんとかして不安から気を紛らわせるため、脳が無理にほかのことを考えようとしているのだと思った。ミルクと砂糖を両方入れてよく混ぜ、コーヒーカップに口をつけた。そのとき、隣のテーブルから声が聞こえた。

「大学のときは長距離の選手だったんです。タイムも悪くなかったんですよ。体型も今よりすらっとしてて。今は少し太っちゃいましたけど。でも駅員さんは今のほうがきっと好きですよね。知ってますよ。駅員さんがホームで見てるのは、いつも少し肉付きの良い女の人ですよね。モデルみたいにすらっとした人がいても、そっちは絶対に見ない。駅員さん好みの女の人が電車を待っていると、よく脚やおしりを見てますよね。真面目そうな顔をして。僕には性欲なんてありませんとでも言いたげな顔で」

隣のテーブルに女の人がひとりで座っていた。心配になるくらい痩《や》せた人だ。横顔しか見えないけれど、四十代くらいのように見えた。もしかして私に話しかけているのかと思ったが、そういうわけではないようだった。女の人は隣にいる私には目もくれず、背筋を伸ばし、まっすぐ前を向いて話をしていた。誰かと電話をしているのかと思ったけれど、女の人は手に何も持っていなかった。イヤホンなどもつけていないように見えた。

女の人は話を続けた。

「ランニングは今でも続けているんです。駅員さんには悪いと思うけど、私はもう少し痩せたいから。家の近くに、走るときにいつも使ってる公園があるんです。お城の公園という名前の公園です。変な名前だけど、看板にそう書いてあったから本当です。城、と、公園、の部分にふりがなが振ってあります。これだけ細かく覚えているのだから、駅員さんも信じてくれますよね。

公園の真ん中には、お城のかたちをした大きな遊具があります。ヨーロッパにあるような、そういうお城です。コンビニがすっぽり入るくらいの大きさです。日中に行くと子供たちが壁を登ったり、滑り台みたいになっている部分を滑ったり、鬼ごっこをしています。夜になるとお城の公園にはたいてい誰もいません。制服を着た若いカップルが手を繋いでお城の中へ入っていくのは時々見かけます。お城の中は入り組んでいて、彼らがどこにいるのか、外からはわかりません。入っていくばかりで、出てくるところは不思議と見たことがありません。

一昨日もお城の公園に行きました。日付が変わる頃だったと思います。普段は空が白んできた頃に走るのですが、その日は家の中にいると胸が圧迫されるような感覚があって、予定を変更して夜のうちに走ることにしたのです。外へ出て深呼吸をすると、気分はいくらか楽になりました。お城の公園に着く頃にはけろっとしていました。

それで、十分ほど走った頃でしょうか。誰かが喉をううんと鳴らすのが聞こえました。うしろを振り返ると、私と同じようにランニングをしている男の人の姿が見えました。珍しいなと私は思いました。お城の公園でランニングをしている人を見かけたことはあまりありません。いつもと時間帯が違うから、そのせいだろうかと考えました。

私は端に寄って道を空けました。そして、何かあったときはすぐに大声を出せるように身構えていました。私をお笑いになりますか？　私はもう若くないし、特に駅員さんのように肉付きの良い女の人が好きな人からすれば、無用な心配だと思われるでしょうね。でも、この状況でのんきに走り続けることはできません。といっても、駅員さんはおわかりにならないでしょう。

私たちにとって、夜道で誰かが後ろにいるというのは、大変な恐怖です。それは遊園地におけるお化け屋敷やジェットコースターのような、安全が担保された上での恐怖体験とは全く異なるものです。アトラクションと違い、現実に危害を加えられるおそれがあるということです。そう思うなら、夜に出歩くのはやめたらいいじゃないかと今度は思われるでしょうか。しかし、私たちのほうが行動を制限されるというのは理不尽な話です。

その人の走るペースはとても遅く、早く追い越してほしかった私は、体を緊張させながらじりじりとしていました。ややあって、ようやく男の人が私に追いつきました。顔は前に向けたまま目の端で男性を見ると、レスラーのような体つきをしていました。華奢《きゃしゃ》な駅員さんとは大違いですね。私はレスラーみたいな体をしている男の人のほうが好きです。駅員さんが肉付きの良い女の人を好むのと同じように、私にも好みがありますから。でも、顔は少しだけ駅員さんと似ていたかもしれない。駅員さんよりは、少しこわい顔をしていました。気付けば私はその人のことをじっくりと観察していました。でもあまりじっと見つめてしまうのも危ないし、失礼なことだから、私は意識してまっすぐ前を見るようにしました。レスラーのような男性と私の走るペースはほとんど変わらなかったから、私たちはいっとき連れ立って走っているかのような恰好《かっこう》になりました。男性の体は大きく、道幅はそれほど広くありません。何か話しかけられるかもしれないと思いましたが、男性は少しずつ私の前へ出ました。男性は息も絶え絶えといった様子だったので、話ができるような状態ではなかったかもしれません。私の姿も目に入っていなかったのかも」

女の人はそこで一旦言葉を切った。テーブルの上に置かれたグラスから、水をひとくち飲んだようだった。私もつられてコーヒーをひとくち飲んだ。最初に飲んだときと少し味が変わっているような気がした。

女の人は話を続けた。

「レスラーのような男性がある程度前のほうへ行ってしまうと、今度はうしろから力士のような体つきの男性が走ってきました。私はレスラーのような男性に気をとられ、横に並ばれるまでまったく気付かなかったので、これにはびっくりしました。

　私がびっくりしたことが伝わったのか、力士のような男性は軽く頭を下げ、苦しそうな声ですみませんと言いました。私も反射的にすみませんと返しました。おそらく危ない人ではないのだろうなと思い、少しほっとしました。力士のような男性は、これまたスローペースで、これまた息も絶え絶えといった様子でした。レスラーのような男性と力士のような男性は、連れ立って走っているのかどうか判断しかねる、実に微妙な距離感を保って走っていきました。友達同士だったのか、赤の他人だったのか、今となってはわかりません。

　それからお城の公園を何周かしましたが、レスラーのような男性も力士のような男性もそれきり見かけることはありませんでした。そうして、あと一周か二周で終わりにしようかと考えていた頃に、うしろから足音が聞こえてきました。振り返ってみると、細身の男性が走ってくるのが見えました。かなりのハイペースでした。細身の男性と私の距離は、みるみるうちに縮まっていきました。それでも恐怖を感じなかったのは、その人が明らかにランナーらしい服装と走り方をしていたからです。

私は男の人が走ってくるのを眺めながら、同じ男の人でもさっきの人たちとは体のかたちが随分《ずいぶん》違うのだなと、のんきなことを考えていました。男性が私を追い抜いていきます。ところが、その男性が突然くるんと振り向いて私の顔を見ました。視線がぶつかり、慌てて下を向きました。こんばんはと男性が言いました。走ってきたとは思えない、しっかりとした聞き取りやすい声でした。私は顔を上げ、こんばんはと返しました。男性のそれと比べ、私の声には吐息が混じっていました。聞いたわけではないから本当のところはわからないけど、男性は若く、大学生くらいに見えました。

よく走ってるんですか?

感じのいい笑顔を浮かべながら、若い男性は私に聞きました。駅員さんには絶対できないような、さわやかな笑顔です。私は面食らいましたが、無視すれば男性が激昂《げきこう》するのではないかと思い、そうですと返事をしました。すると何かスポーツをやっていたかと男性が聞くので、高校、大学と長距離をやっていたと端的に答えました。男性は、私のフォームをほめました。走り方をほめられたことなんて、大学のとき以来でした。私は謙遜《けんそん》しましたが、男性の言い方から本心でそう言ってくれているのが伝わり、素直にうれしく思いました。僕も高校では長距離をやっていたのだとその人は言いました。ちょっとした事故があってやめてしまったが、当時はけっこう良いところまでいったのだということでした。それは残念でしたね、と私は言いました。

駅員さんに聞きたいのですが、このとき私は変なことを言ったでしょうか？というのも、残念でしたねと私が言った途端、まるで蠟燭の火が消えるように、その人の顔から表情というものがふっと消えたのです。

しばらくの間、気まずい沈黙が流れました。私はもしかして何か失礼なことを言っただろうかと会話を振り返ってみました。でも、ほとんど定型句みたいな返事しかしていません。言うべきことを考えているうちに、いつもこの公園を使っているんですかと男性が聞きました。そのときにはもう、男性の顔にさわやかな笑顔が戻っていました。いつもだと答えるのは怖かったので、時々だと答えました。僕もこの公園でいつも走っているのだと男性が言いました。一度も見かけたことはありませんでしたが、やはりいつもと時間帯が違うせいだろうと私は思いました。

それから男性は、住まいはこのあたりなのかと聞きました。私が曖昧《あいまい》な返事をすると、駅のどちら側なのか、何分くらいで着くのか、近くには何があるのかと、男性は構わずに質問を続けました。ごめんなさい、と私は言いました。男性はちょっと小馬鹿にしたような調子で、変なつもりで聞いてるわけではないのだから、そんなに意識しないでくださいよと言いました。何か答えなければ終わらないように思ったので、私は嘘をついて適当な場所を答えました。僕の家からとても近いですね、これも何かの縁だし、今度良かったらお茶でもしませんかと男性は私を誘いました。私は断りました。すると今度は旦那がいるのか、それとも彼氏かと聞いてきました。私は勇気を出して男性から離れました。今まで走ってきたほうを向き、公園の出口を目指して走り出しました。

男性はしばらく立ち止まっていたようでしたが、しばらくすると足音が聞こえてきました。振り向くと、彼がこちらに向かって走ってきます。彼はフォームを崩さず、あくまでもランニングを続けているような調子で、しかしたしかに私を追いかけてきました。

来ないでください、と私は走りながら言いました。それから、警察を呼びますとも言いました。でも息が上がっていたので、私の声にはちっとも迫力がありませんでした。それに駅員さんも知っていると思いますが、私は携帯電話を持っていないので、実際には警察をすぐに呼ぶことはできませんでした。さっきまでしつこく話しかけてきたわりに、男性は無言で私のあとを追ってきました。すぐに私を捕まえることもできたはずですが、私を追い詰めるように一定の距離を保って追いかけてきました。

私は必死で男性から逃げました。やがて公園の出口が見え、それとほぼ同時に、うしろから聞こえてくる足音の調子が変わりました。振り返ると、男性は顔を伏せて前傾姿勢になり、地面を力強く蹴って腕を大きく振っていました。スタート直後の短距離選手のような走り方です。彼はどんどん加速し、私との距離はみるみるうちに縮まっていきました。

　助けを求められる人は誰もいませんでした。あのレスラーのような男性や、力士のような男性は、どこに行ってしまったのだろうと思いました。彼らがいれば、あの大きな体で私を守ってくれただろうに。私は、駅員さんのことも少し思い出しました。でも駅員さんには、私が危ない目にあっているときにさっと現れて助けるなんてことはできないでしょう。駅員さんは、そういうことができる人じゃない。駅員さんのことを考えるのはすぐにやめました。私は恐怖のあまり、いっそ走るのをやめてその場にしゃがみ込んでしまおうかと思いました。そのほうが楽になれるような気がしました。べつに悪いことをした覚えはないけれど、地面に頭をつけて必死に謝れば今からでも許してもらえるんじゃないかと思いました。でも、脚が自然に動いていました。陸上をやっていた経験が私を助けてくれたのです。私のことを助けてくれる人は誰もいなかったけれど、過去の私が私のことを助けてくれました。

　夢中で走っているうちに、公園から出ました。そのままの勢いで歩道を通り過ぎ、車道にまで飛び出しました。車のヘッドライトが右側から私を照らし、続いてクラクションが聞こえました。クラクションはひどくうるさく、まるで私の頭の中で鳴っているかのようでした。ひかれた、と思いましたが、車は私のうしろを通過し、私は車道を渡り切っていました。振り向くと、男性が公園と歩道の境界線のすぐ手前に立ってこちらをにらみつけていました。男性も最後は全力で走っていたはずなのに、不思議と息は切れていないようでした。

私は脚を動かし続け、男性から離れました。また追ってくるのではないかと思い、何度かうしろを確認しました。彼は私が角を曲がるまでずっと、身動きひとつせずにこちらを見ていました。角を曲がったあとも、私は走りながら頻《しき》りに後ろを振り返りました。住んでいるアパートに入る前にも、何度も何度も周囲を確認しなければいけませんでした。

駅員さんも知っていると思いますが、うちのアパートはオートロックではありません。その気さえあれば、誰でも部屋の前まで入ってくることができます。私は鍵を開けた瞬間を狙って襲う強盗が多いのだと、いつか見たニュースをよせばいいのに思い出しました。手が震えてしまい、私は鍵穴ではないところに何度も鍵を」

話はそこで唐突に途切れた。女の人は背筋を伸ばしたまま、誰かがスイッチを切ったかのように固まっていた。そうかと思えば急に立ち上がり、するするとトイレに入っていった。私はカップに口をつけた。コーヒーはぬるくなっていた。ちょうど人肌くらいの温度だった。

「あんまり見ないほうがいいですよ。危ないから」

振り向くと、眼鏡をかけた年配の男性がこちらを向いて座っていた。どうやら私に言っているようだった。

男性の表情はやわらかく、いやな感じはしなかった。

「危ないんですか」

「前にね、若い人たちにつかみかかったこともあるみたいです。今みたいにぱーっとひとりで喋って、トイレに入って長いこと出てこなくて、戻ってきたと思ったら急につかみかかっていったって。その人たちも悪かったみたいですけどね。

笑いながらじろじろ見てたって。面白がってたんでしょうね。私みたいにね、昔からここへ通ってる人たちの間じゃ有名なんです。私なんかと比べたらまだ若いのに、いつもあの調子でね。精神科の人なんでしょうね。この病院、精神科もやってますから」

面白がって見ていたつもりはないが、私は怖くなり、女の人が戻ってくる前に慌てて店を出た。

3

切りがいいところでゲームを中断し、先にお風呂に入ることにした。夜にゲームを始めると、眠すぎて何もできなくなるまでついやり続けてしまう。顔も洗わず、歯も磨かず、最後の力を振り絞ってなんとか碧くんの隣に潜り込む。朝は碧くんに起こしてもらい、寝ぼけながらダイニングテーブルにつく。そして碧くんがたまごベーコンやスープなどの簡単な朝食を並べてくれるのを待つ。

碧くんの身支度はいつも私より先に終わっているが、一緒に家を出ると変な噂をする人がいるからと、碧くんは私が学校に行ってからジムに出かける。一緒に出かけるときも出発時間をずらしてどこかで待ち合わせたり、碧くんだけどこかに寄って帰る時間をずらしたりする。電車やバスにはあまり乗らず、移動はタクシーを使うことが多い。タクシーは電車やバスの何倍もお金がかかるからもったいないと感じる。制服は必ず着替えるように言われる。私服ならなんでもいいわけではなく、子供っぽい服を着ていると別の服のほうが似合うんじゃないかと言われる。でも無理して大人っぽい服を着るとかえって目立つし、服装で年齢をごまかすのは限界がある。何を着ていようが、私はまだ大人には見えない。

お風呂から出ると、歯ブラシに歯磨き粉を塗った。歯並びがあまり良くないせいか、手の動かし方が下手なのか、歯磨きには人よりも時間がかかる。人より時間がかかっていることに、けっこう最近になって気付いた。歯磨きだけに集中しているのに、それでも三十分はかかる。普通はそんなにかからないらしい。碧くんの歯磨きを観察してみると、毎回十分程度で終わっていた。それなのに、碧くんは今までに一度も虫歯になったことがないという。見た目も白くきれいで、話していてもにおいを感じることはなかった。

右半分の歯を磨き終えたところで、口の中がいっぱいになり、洗面台に吐き出した。泡と唾液《だえき》の中に血が混じっていた。痛みは感じなかったが、歯茎《はぐき》のどこかから出血したらしい。舌を使って口の中を点検した。どこから血が出たのかは結局わからなかった。もう一度歯ブラシに歯磨き粉を塗る。スマホで時刻を確認すると、歯磨きを始めてから既に二十分が経っていた。ペースを上げて一気に左半分のブラッシングを終え、なんとか三十分以内に済ませた。

碧くんはもう眠っただろうか？　今夜は冷える。寝室にある焦げ茶色のブランケットをとりたかった。それに、数学の宿題でわからないところがあったのを忘れていた。宿題は明日提出で、もし起きているなら碧くんに教えてもらいたかった。理数系の科目をやっていると、自分の頭の悪さを実感する。みんながつまずかないようなところでつまずいてしまう。偏差値の高い学校ではないのに、予習と復習をしないと授業についていけない。授業はしばしばわからないまま進んでいく。先生に質問をしたいけど、授業の流れを止めてまで質問する勇気はない。授業の終わりに先生に質問するのも恥ずかしい。そんな生徒はほとんどいない。やはり第一志望の高校に行きたかった。あの学校なら、勉強を頑張っていても変に浮いたりはしないだろう。でも受からなかった。第二志望や第三志望の学校にも受からなかった。行くところがなくならないように、保険として受けた学校にしか受からなかった。

ゆっくりと寝室のほうへ歩く。電気はついていない。ドアに耳をあててみる。物音ひとつ聞こえない。いつもより少し早いけど、もう眠っているのだろう。碧くんは今日仕事で外に出ていて、疲れた様子で帰ってきた。新しいアプリの正式リリースがまもなくだと言っていたから、何かと忙しいのだろう。今度のアプリは、メンタルヘルスに不安を抱える人が、同じ経験をしたことがある人にＷｅｂ上で相談することができるアプリだという。

音を立てないようにドアを開ける。部屋の中は真っ暗だ。碧くんはいつも部屋を真っ暗にして眠る。遮光カーテンをぴっちり閉めているから、朝日が昇ってもほとんど真っ暗のままだ。

ほとんど手探りで椅子の上のブランケットをとる。碧くんが私のために買ってくれたブランケットだ。碧くんのほうをちらっと見た。羽毛布団から頭が出ているのがぼんやりと見える。誰か違う人と入れ替わっていても気付かないだろう。

碧くんが悪い夢を見ずにゆっくり休めているといいなと思う。碧くんが時間をかけてアプリの準備をしてきたのを知っているから、上手くいって欲しい。最近はなくなったけれど、一時期は精神疾患の当事者や経験者にも会って話を聞いたりしていた。社員との打ち合わせはほぼオンラインだけど、初めましての人にはなるべく会って話を聞きたいのだという。いつだったか碧くんは、人と会うのは家で仕事をしているよりずっと疲れるねと言っていた。その感覚は私にもわかる。家でゲームをしていてもさほど疲れは感じないけど、学校には人がたくさんいるから行くだけで疲れる。

ドアを閉めてリビングに戻った。ソファに座り、災害に備えて買った蠟燭に火をつけた。暖房で空気が動いているからか、蠟燭の火は私がじっとしていてもかすかにゆらめいている。ソファの脇のマネキンを見上げると、蠟燭の火に照らされ、のっぺらぼうの白い顔がかすかに見える。蠟燭の火が揺れると、それに合わせてマネキンの顔にも表情めいたものがよぎることがあった。

イヤホンをつけ、ゲームを再開した。画面には、ダッフルコートを着て、首にマフラーを巻いた女の子が映っている。美術館で目を覚ましてから数日間、彼女は夜の街をさまよい歩いていた。生前の自分を思い出すためだ。美術館にもあらためて行ってみた。あの場所で目を覚ましたということは、あの場所で死んだのかもしれないと思ったからだ。私もそう思った。でも収穫は何もなかった。彼女が生きていたときのことはいまだに何もわからない。誰かに話を聞こうにも、誰も彼女がそこにいることにさえ気付かない。

彼女の存在を認めてくれたのは、いつか病院で彼女を助けてくれた汗かきの中年男性と、悪霊たちだけだった。悪霊たちは彼女の行く先々に現れ、襲いかかってきては殺そうとした。病院で出会った汗かきの中年男性には、あれ以来会っていない。

あの中年男性は彼女に、名前がわかるものを持っているなんて運が良いと言った。しかし、名前は今のところ何の役にも立っていない。自由にインターネットを使うことができればもう少し調べようもあるけれど、彼女は死んでしまっているために、物に触ることができなかった。スマホやパソコンを使っている人の肩越しに画面を覗き込むとか、そういうことしかできない。

昨日は大きなマンションを一部屋ずつ見てまわった。どこかひとつくらいはニュース番組をつけている部屋があって、何か手がかりが得られるのではないかと思ったからだ。でもうまくいかなかった。ニュース番組をつけている部屋を見つける前に悪霊が現れた。悪霊から逃げまわっているうちに、その日は時間切れになった。彼女の活動時間には限りがあった。彼女は毎晩二十二時頃目を覚まし、二時が近付くと眠りにつくように意識を失った。

目の前には吊るされた新聞紙が並んでいる。今日は図書館に来ていた。新聞紙に触れることはできないため、しゃがみこんで紙面をめくらなくても読める部分だけを読んでいる。もう諦めればいいのにと私は思う。何か大きな事故や事件に巻き込まれて死んだのなら新聞に掲載されるかもしれないけれど、そうでなければニュースや新聞をいくらチェックしたところで何も手がかりは得られないだろう。それよりは、映画館でレイトショーでも観ているほうが有意義な過ごし方だと思った。

不意に背後で何かが割れたような音がし、彼女は小さく悲鳴を上げた。私も鼓動が速くなっていく。閉館後の図書館は暗い。明かりをつけたくても、彼女はスイッチに触れることができない。懐中電灯を手に持つこともできない。カウンターや本棚の裏から今にも何かが飛び出してきそうだ。早くここから出たほうがいいだろう。

彼女は立ち上がろうとして何気なく視線を新聞のほうに戻し、すぐに悲鳴を上げた。吊るされた新聞と新聞の間に目があって、彼女のことを見つめていた。

「見ていたよ。新聞を見ていたね。僕は新聞を見ている君を見ていたよ」

新聞の陰から、男が姿を現した。大きな男だった。頭はもう少しで天井についてしまいそうだ。

暗くてよくわからないけれど、マスクか何かをつけているのか、男の顔は目の部分しか見えなかった。それでも、男が顔全体で楽しそうに笑っているのがわかった。

「何を探してるのかな。手伝ってあげるよ。こう見えて司書だったんだ。この図書館のことならなんでも知ってるよ。どこに何があるか全部わかるんだ。何を探してるか言ってごらん。一緒に探してあげるから」

男が笑いながら彼女に近付いてくる。悪霊と考えて間違いないだろう。悪霊というものはなぜか、はじめは彼女の手助けをするようなことを言って近寄ってくるものが多い。病院で出会った悪霊もそうだった。

彼女は出入口のほうへ向かったけれど、悪霊に先回りされた。ほかにどうすることもできず、怯えながら図書館の奥へと走っていく。画面が暗闇でいっぱいになる。姿は見えないけれど、悪霊の声だけが聞こえる。

「逃げたって無駄だよ。どこへ逃げたって君のことを見ているよ」

ここで操作が私に戻った。目の前に、上へ向かう階段と下へ向かう階段、それから正面に向かって伸びる廊下があった。背後を確認したが、悪霊の姿は見えない。姿が見えないのがかえって怖い。

さっきの出入口のほかにも、どこかに出入口があるのだろうか。あるとすれば一階にあるはずだけれど、これまでの経験からすると、出口へ向かう前に一度どこかへ隠れ、悪霊をまく必要があるはずだった。私は階段を上った。

今回に限らず、このゲームは難易度が高い。悪霊の手を逃れるのは簡単ではなかった。二階の隠れられそうな場所はすべて試してみたが、そのたびに悪霊に見つかって引きずり出された。地下の隠れられそうな場所もほとんどすべて試してみたものの、結果は同じだった。

タイミングを見計らってマフラーも何度か試してみた。「ＹＵＫＩ」という文字が縫い付けられたこのマフラーには、短い間だけ悪霊から彼女の姿を隠してくれる不思議な力があった。これまでも悪霊に襲われるたび、このマフラーを使ってどうにか切り抜けてきた。でも今回はうまくいかなかった。マフラーを使うと、一旦は悪霊をやり過ごすことができた。しかし、隠れていた場所から外に出ていこうとすると悪霊が待ち伏せしているのだった。どういうわけか、この図書館のどこに隠れたとしても悪霊には彼女のことが見えているみたいだった。

十数回目のコンティニューで、地下のかなり奥まった場所に、使用禁止という張り紙がされたトイレがあるのを見つけた。が、個室に隠れているところを悪霊に上から覗き込まれて見つかった。隣の個室も、その隣の個室も試してみたけれど結果は同じだった。

最後にトイレの奥にある掃除用具入れの中に隠れてみたときだけ、状況が変わった。悪霊はすべての個室を端から順にゆっくりと調べていき、最後に彼女が隠れている掃除用具入れの前に立った。そのとき、男性の叫び声のようなものがどこかから聞こえた。何を叫んでいるのかはわからなかったが、悪霊は声に気を取られ、トイレから出ていった。

悪霊が近くにいないのを確かめ、私はトイレから飛び出した。チャンスは今しかないだろう。「ＹＵＫＩ」という文字が縫い付けられたマフラーを使って悪霊から身を隠し、何度もコンティニューするうちに見つけた職員用の通用口から外に出た。

「危なかったな。ここまで来ればもう大丈夫だろう」

図書館の敷地から出ると、いつか病院で出会った中年男性が立っていた。相変わらず、冬だというのにひどく汗をかき、それをせわしなくタオルでぬぐってい た。異様な光景だったけれど、見ているとなごんだ。

「もしかして助けてくれましたか。トイレに隠れてたんですけど、もう少しで見つかるというときに男の人の声が聞こえて、悪霊が出ていきました。それに病院のときも」

彼女はそう言ったが、太った中年男性は汗を拭くのに忙しいのか何も言わなかった。図書館にいたのなら、もっと早く彼女を助けてやればよかったのにと私は思った。

「あの、どこかで少しお話できませんか。他に話ができる人もいなくて」

中年男性はしばらく無言で汗を拭いていたが、やがて口を開いた。

「この近くに、深夜でもやっている会員制の屋内プールがある。何度か行ったことがあるが、安全だ。夜でも明るくて、人がいるからな。時間も金もありそうな若者ばかりで気分が悪いが、僕たちなら入会料も取られないし、そこへ行こう」

中年男性は、そう言うなり歩き出した。彼女も慌ててあとを追った。


プールは深夜だというのにそれなりに賑わっていた。プールサイドにはバーのような一角もあり、泳いでいる人もいたけれど、飲み物やおつまみを片手に会話を楽しんでいる人のほうが多いようだった。水着を着ていない人も少なからずいた。男の人と女の人の割合はちょうど半々くらいだった。みんな屈託なく歯を見せて笑っていた。男の人も女の人も、みんなしてティッシュのように白い歯を持ち、歯並びがきれいだった。自分とは大違いだなと私は思った。私は何かの拍子に歯医者に行くたび、矯正《きょうせい》を提案されていた。人より歯磨きに時間がかかってしまうのも、やはり歯並びが悪く、磨きにくいのが原因だろうか。矯正を受ければ、碧くんのように歯磨きが十分で終わるだろうか。

「な、気分が悪いだろう」

中年男性はプールサイドに腰を下ろしながらそう言った。男性の言っていることが、彼女にはよくわかっていない様子だった。彼女も中年男性の隣に腰を下ろした。ふたりの間には一メートルほどの距離があった。

彼女が何と呼べばいいかと男性に尋ねた。好きなように呼んだらいいと中年男性は言った。彼女は男性のことをじっくりと観察し、少し考えてから黒田さんと呼ぶことに決めた。着ているTシャツの色が黒いかららしい。黒いのは汗を吸いすぎたせいで、そのTシャツは本来灰色だと私は思った。

「死んじゃったんですよね、私たち」

彼女は水面を見つめながら言った。なるべく明るい声と表情を作ろうと努力しているように見えた。

「それはもうわかりました。誰も私の話を聞いてくれないし、姿も見えていないみたいだから。黒田さんと、それから悪霊の人たちには見えてるみたいですけど。

私や黒田さんは、やっぱり幽霊みたいなものなんでしょうか」

たぶんそうだろう、と黒田は汗を拭きながら言った。

「悪霊の人たちは、あの人たちは一体何なんですか。私や黒田さんとは全然違いますよね。あの人たちも、私たちと同じ幽霊の仲間なんですか」

黒田は言いにくそうに少し間を置いてから、いつかは僕たちも悪霊になってしまうんだと思う、と言った。え、と彼女は小さく声を漏らした。

少し長くなるが、と黒田は前置きをした。彼女は真剣な表情でうなずいた。黒田は汗を拭き、呼吸を整えてから話しはじめた。

「以前、君のほかにもひとり、こうやってまともに話ができる人がいた。その人と会ったとき、ちょうど病院で出会ったときの君のように、僕は目覚めたばかりで何もわからなかった。気付いたら公園にいて、ブランコのそばで寝ていたんだ。川に沿った細長い公園で、奥のほうにはタコのような形をした大きくて赤い遊具があった。一度も来たことのない公園だ。どうしてこんなところにいるのか思い出せなかったが、とりあえず家に帰ろうとして、でも家がどこにあるのかわからなくて困っていた。混乱しながら街をさまよった。見覚えのない街だった。近くの電柱には恵比寿と書かれていた。知らない地名だった。途中で交番に寄ってみたが、制服を着た警官はなぜか僕のことを完璧に無視した。頭がおかしくなったのかと思った」

私の話を聞いているみたい、と彼女は小さな声で言った。黒田に向けて言ったというよりは、自分を落ち着かせるために言ったように聞こえた。

「ずいぶん歩き回ったあとにその人と出会った。渋谷という駅の近くだった。ここからそう遠くないし、君も近くまで行ったことがあるかもしれない。その日はちょうどハロウィンの日で、わけのわからない恰好をしたやつらがたくさんいて、大声で騒いでいた。

ナースとかゾンビとか、そういうわかりやすいのもいたが、人のかたちをしていないやつもいた。どうしてそれにしようと思ったのか、会社とかで使う、よくある普通の事務机の仮装をしたやつがいた。そこにたぶん知り合いでもなんでもない、ソファの仮装をしたやつがたまたま通りがかって、ソファのほうが事務机のほうの膝の上に座って写真を撮っていた。写真を撮っているやつは、横断歩道の仮装をしていた。一瞬シマウマにも見えたが、たしかに横断歩道だった。とても現実とは思えなかった。

渋谷駅を覗いてみたが、電車はもうなくなっていた。仕方なく漫画喫茶に行ったが、交番のときのように店員に無視され、ホテルに行ってみても同じだった。ホテルから出ると、ショベルカーの仮装をした女と、国会議事堂の仮装をした男が、手を繋いで別のホテルに入っていくところだった。ためしに声をかけてみたが、やはり同じように無視された。そのとき、後ろからその人に声をかけられた。僕はだんだん無視されることに慣れかけていたから、その人は最初、ショベルカーと国会議事堂のほうに声をかけたのかと思った。しかし、どうやら僕で合っているようだった。

誰も僕の話を聞いてくれなかったから、やっと話ができる人が見つかって、それだけでもだいぶ安心したのを覚えている。その人も、僕のように話ができる人と会うのは初めてだと言った。でも、僕よりも何日か早く目を覚ましていたみたいで、自分がすでに死んでいることを理解していた。

その人は、自分たちが置かれている状況を僕に説明しようとしてくれた。が、僕には最初、その人の言っていることが信じられなかった。僕の頭がおかしくなったから、類は友を呼ぶといった具合で、同じように頭のおかしい人間が寄ってきたのだと思った。

僕はその人を放って帰ろうとした。しかし、やはり家がわからなかった。意地になってあてもなく街をうろうろしてみても、何も変わらなかった。振り向くと、その人は一定の距離を保ち、心配そうに僕のあとをついてきていた。その人がまだいてくれたことに、僕は不覚にも少し安心してしまった。

その人の言うことを完全に信じたわけではなかったものの、ほかに頼れる人もおらず、それから僕はその人と行動をともにするようになった。その人は、自分が何者だったのか、どうして死んでしまったのかを思い出したくて、その手がかりを探しているのだと言った」

私と同じ、と彼女が小さく呟《つぶや》いた。

「行くあてがないなら、一緒に来てくれると助かるとその人は言った。そのうちに、あなたも何か思い出すかもしれないとも言った。会話には人間の脳を活性化させる作用があるのだと、その人はどこかで聞きかじったような話を僕に聞かせた。そのときの得意げな顔を、なぜか今でも覚えている。そういう表情が似合う人だった。その人と行動をともにするうちに、僕も自分が置かれている状況を徐々に受け入れていった」

黒田はそこで言葉を切った。何かを考えているような表情だった。どうでもいいことだが、と黒田はやがて言った。彼女は黒田の顔を見つめてうなずいた。

「その人は女の人だった。まだ三十くらいの。君から見れば十分大人だとしても、僕からしたら若い。彼女だって事情が事情でなければ、つまり普通に生きていたら僕みたいなのと一緒にいたくはなかっただろう。それは君も同じだと思うが……。

たとえばそこでワインを飲んでる男みたいに、背が高くて、スマートで、たぶん話も面白くて、女の人の扱いにも慣れていて、金を、いや、死んでしまったら金はもう関係ないとしても、そういう男のほうが良かっただろう。こんな男しか話し相手がいなくて、僕が言うのもなんだが、本当にかわいそうだったと思う。でも、ひとりでいるよりはいいと彼女は考えたらしい。たしかに、悪霊に襲われたときに僕をおとりにすれば逃げることもできる。

とにかく、全部で一ヶ月くらいだったと思う。彼女と一緒にいたのは。あるとき、僕は彼女の変化に気付いた。彼女が活動できる時間が、日に日に短くなってきていた。

夜の遅い時間にしか起きていられないのは彼女も僕も同じだったが、もともと彼女は僕よりも活動できる時間が短かった。そのことにはお互い早くから気付いていた。しかし、それほど気にはしていなかった。体力的な違いか、ロングスリーパーかショートスリーパーかの違いみたいなものだろうと彼女は言っていた。

でも、気が付けば彼女は一日に一時間も起きていられなくなっていて、そのうちまったく姿を現さない日もでてきた。そしてある日を境に、彼女は消えてしまった。しばらく休んだらまた姿を見せるのではないかとも思ったが、一週間経っても彼女は現れなかった。心当たりのある場所を色々と探し回ってみても、やはり駄目だった。

悲しかったし、彼女は結局自分のことを思い出せないまま消えてしまったから、力になれず無念だった。でも仕方のないことだとも思った。僕たちがどういう経緯で死んだかはさておき、死んでしまったのならその時点で意識も消えるのが本来のはずだった。つまり僕たちのように、こうして精神というのか魂というのか、そういうものだけが残っていたことのほうが普通ではないのだ。それに思い出せたところで生き返ることができるわけではないし、思い出さないほうがいいような悲惨な死に方だったり、人生だった可能性もある。だから、残念なことには違いないが、仕方のないことだと思っていた。

しかし、病院で君と出会う少し前のことだ。僕はまだ探していなかった場所があることに気付いて、渋谷にあるライブハウスに行った。彼女と一緒に、一度来たことがあった。入った時間が遅かったから、僕たちは複数のバンドが出演するイベントの、最後のバンドの最後の曲しか聴くことができなかった。ステージに立っていたのはまだ大学生くらいの若いバンドだった。SON NO JOYという名前らしかった。

決して広くないライブハウスなのに、客はそれほど入っておらず、床が半分ほど見えていた。楽器の音がやたらと大きくて、ボーカルが何を歌っているのか、全然わからなかった。モテたい、売れたい、と言っているのだけはわかった。

売れるといいね、とライブハウスから出たあとで彼女は言った。そうなったら、売れる前から知っていたのだと自慢できると。誰に自慢するのだろうと僕は思った。そもそも彼らは売れそうになかった。SON NO JOYなんていう名前のバンドが売れるはずない。でも彼らが売れることで彼女が喜ぶなら、どうか売れますようにと願った。

そのときのライブハウスに、今度はひとりで行った。ほとんどあきらめながらも、心のどこかではもう一度彼女に会えないかと期待していた。彼女と行ったときよりも時間はさらに遅かった。ライブもとっくに終わっている時間だったし、スタッフさえいなかった。中は真っ暗で何の音もしなかった。彼女と来たときとは別の場所みたいに見えた。僕はこんな場所にいても仕方がないと思い、帰ろうとしたところで悪霊になった彼女に会った。

彼女にはもう僕のことがわからないみたいだった。話をしてみようとしたけれど、通じているようで、通じていなかった。ほかの悪霊たちと同じように、適当なことを言って近付いてきて、僕のことを殺そうとした。散々隠れて逃げ回った末になんとかライブハウスから出ることができたが、あの場所には二度と行きたくないし、近寄りたくもない」

そこまで言うと、黒田は黙り込んでしまった。彼女もかける言葉が見つからないようで、黙って水面を見つめていた。三十秒ほどの沈黙の後で、黒田のほうがまた口を開いた。

「長くなってしまったな。聞かれてもいないことまで話してしまった。僕も気付かないうちに話し相手を求めていたみたいだ。要は、おそらく僕たちもいつかは悪霊になってしまうということだ。

僕も、最近は起きていられる時間が短くなってきている。この頃はなるべく日付を確認するようにしているが、昨日は目覚めることができなかった。今も、話していいるうちにだんだん眠くなってきた。悪霊になってしまう日も近いだろう。君はどうだ。起きていられる時間が短くなってきていないか」

まだ大丈夫みたいです、と彼女は答えた。久しぶりに口を開いたからか、彼女の声は少しかすれていた。

「それは良いことだ。たぶん良いことだと思う。死んでしまってから言うのもなんだが、後悔しないように過ごすといい。前にも言った通り、君は運が良い。自分の名前がわかるものを持っているんだから。きっと君のお母さんか誰か、君のことを大切に思っている人が、君のために編んでくれたものなんだろう。君の人生には思い出すだけの価値があるはずだ」

黒田はそこで言葉を切った。呼吸を整えてから、今日はもう限界みたいだと言った。彼女はしばらくうつむいていたが、思い出したように明るい声と表情を作って言った。

「明日は東京タワーに行ってみようと思っているんです。ここからそう遠くないし、好きなんです。きれいで大きくて、あったかい色をしていて。暗い道を歩いていても、東京タワーが見えると少し安心します。気のせいだとは思うんですけど、私のことを見守ってくれているような気がするときがあって。

それだけじゃなくて、行く意味もちゃんとあると思うんです。みんなが行くような場所だったら、私も生きているときに行ったかもしれないし、そしたら何か思い出せるかもしれないから。何も思い出せなかったとしても、夜景とか見れて、それはそれで良いかなって。けっこう良い考えだと思いませんか。黒田さんは、東京タワーにはもう行きましたか。良かったら一緒に行きませんか」

行けたら行く、と黒田は言った。ほかにも何か言いかけたようだったけれど、言葉になる前に黒田の姿は消えた。

彼女は笑顔で喋っていたが、最後のほうは涙を流していた。しかし彼女がなぜ泣き出したのか、私はいまひとつ理解できていなかった。わかるような気もしたけれど、よく考えてみるとやはりわからなかった。わからないせいで、私はこのゲームから自分が疎外されている気分になり、どこか鼻白むような思いだった。

不意に、何かが割れたような音が聞こえた気がして、反射的に振り向いた。碧くんが目を覚まして何かをしているのかと思ったが、リビングには誰もいなかった。ソファの横のマネキンを見上げると、マネキンもこちらを見ているような気がした。

4

目を覚ますと、口の中がねばついていた。ねばつきを取るために、掃き掃除をするようなイメージで口の中をぐるぐると舌で舐《な》めまわす。そのうちに、右頬の裏側のあたりに、皮と呼ぶのか肉と呼ぶのか、とにかく剝《は》がれそうになっている部分があることに気付いた。

その部分だけを、舌で何度も繰り返しなぞった。肉の欠片《かけら》は剝がれそうでなかなか剝がれず、動かしすぎて舌の付け根がだるくなってきた。なぜか涙まで溢《あふ》れてきた。肉の欠片を剝がすことに何の意味があるのか、私にもわからなかった。でも一度始めてしまった以上は途中でやめることに抵抗があった。結局、途中で何回か小休止を挟みながら、肉の欠片が剝がれるまで舌を動かし続けていた。欠片が剝がれたときは、ぼんやりとした達成感のようなものを覚えた。でもすぐにくだらないと思った。

剝がれた欠片を、手のひらの上に吐き出そうとした。しかしうまくいかず、舌の上にのせ、手のひらを舐め上げるようにして口の外に出した。赤に近い色をしているかと思ったのに、欠片は意外と白っぽい色をしていた。しばらく眺めていたけれど、手の上にのせているのが次第に気持ち悪くなり、ベッドから起き上がった。カーテンを開け、部屋を明るくした。肉の欠片をティッシュに包み、ゴミ箱に捨てた。ゴミ箱に捨てたということはつまり、さっきまでは私の体の一部だったものが、この短時間のうちにゴミに変わったということだ。どうしてそんなことが起こるのだろう。どこか腑《ふ》に落ちなかった。

ふと枕を見ると、髪の毛が一本落ちていた。碧くんのはもう少し短いから私の髪だ。それは日々シャンプーをし、トリートメントをし、一定の手間とお金をかけ、それなりに大事に扱ってきたもののはずだった。しかし、これも抜けてしまった今ではゴミだ。捨てるしかない。昨日までは大切なものだったはずなのに。人間の体のうち、本体から離れてしまったものはゴミになるのだろうか。役割を果たせなくなってしまったからゴミになったということだろうか。

しばらくの間、抜けた髪の毛を手にとって様々な角度から眺めたり、端と端をつまんでまっすぐに伸ばしてみたりしていた。でも結局はゴミ箱に捨てた。いつまでもこんなことをしていたら、変な子だと思われるだろう。私は変な子だと思われたくなかった。昨夜少し汚してしまったのを思い出して掛け布団をめくった。すっかり乾いていて思ったより目立たなかったけど、自分で洗濯機に入れたかった。カバーを外すと、中の羽毛布団は幸いきれいなままだった。布団の形を整え、カバーを抱えて寝室を出ようとしたところで、床に長い髪の毛が一本落ちているのに気付いた。布団カバーの中から出てきたのだろうか。ここへ来てからずっとショートにしているから、私の髪ではなかった。

寝室から出ると、碧くんはソファに座ってテレビを見ていた。たぶんNetflixの韓国ドラマだ。私の顔を見ておはようと笑いかけてくる。私も笑っておはようと返した。今日は学校が休みで、お昼からは碧くんと一緒に東京タワーに行く約束をしていた。ゲームで東京タワーの話をしているのを聞いていたら、久しぶりに行ってみたくなった。

「ジム行ってきた？」

「行ってきた」

「もう行ってきたのね」

いつものことながら、今日も碧くんが出ていったことにまったく気付かず眠り続けていた。碧くんが立てる物音で私が目を覚ましたことはない。私の眠りが特別深いわけではない。碧くんはきっと、私に対してとても気をつかってくれているのだと思う。布団のカバーを洗濯機に入れ、リビングに戻った。

「これ誰のだろう。長いの」

寝室で拾った髪の毛を両手でつまみ、碧くんの前でぴんと張ってみせた。碧くんがソファから立ち上がり、私の手から髪の毛をとった。どこにあったのかと碧くんは真剣な顔で聞いた。布団カバーの中から出てきたみたいだと私は言った。

「紗季のだろう。何度か洗濯しているのにずっと残っていたんだ」

紗季というのは、碧くんが付き合っていたアーティストの人だ。SNSで写真を何枚か見たことがあるけれど、たしかにどの写真も髪が長かった。

嫌な気持ちにさせたかと碧くんが私の目を見て聞いた。知らない人の髪なら問題だが、紗季さんの髪がたまたま残っていただけなら別に気にならないと私は言った。碧くんは頷《うなず》いた。キッチンへ行って紗季さんの髪をゴミ箱に捨てた。そして再びソファに座り、Netflixの韓国ドラマを観始めた。私は紗季さんが作ったマネキンと碧くんの間に座った。

「今日、お出かけできそう？」

新しいアプリは先日リリースされたが、それからも碧くんは何かと忙しい。碧くんのアプリは注目されているらしく、いくつかの媒体が取材に来ていた。テレビの取材も一件あった。

「あ、待って。碧くんのインタビュー放送されるの今日じゃん」

私がそう言うと碧くんは苦笑いし、忘れたままでいてくれたほうがよかったと言った。

「危なかった。録画してるけどね」

碧くんにNetflixを中断してもらう。番組はもう始まっていたが、今は新型コロナウイルスの話題を取り上げている。私はごはんを食べながら碧くんがテレビに映るのを待つことにした。昨日はお料理代行サービスの人が来てくれたから、冷蔵庫にごはんがたくさん入っている。お料理代行サービスの人は大量に作り置きをしてくれるし、味の好みも聞いてくれる。お店と違っていつでも好きなときに食べられるから、つい食べすぎてしまう。

毎日ごはんを作ってもらっているのに、お料理代行サービスの人と会ったことは一度もない。碧くんは、私が学校に行っている時間にお料理代行サービスの人が来るように手配している。一度、何かの理由で私が家にいる時に来たことがあったが、その時は寝室にこもって姿を見られないようにした。私がこの家にいることがわかれば、厄介なことになりかねないからだ。何度も出入りしていれば誰かが一緒に住んでいることくらいはわかるだろうが、年齢がわからなければ問題ない。

番組の中ほどまで来たあたりで、メンタルヘルスケア関連のサービスを提供する企業の特集が始まった。碧くんがリリースしたアプリが紹介され、碧くんがテレビに映った。インタビュアーの問いかけに対して、碧くんは感じよく丁寧に答えている。場所は碧くんのオフィスだ。写真を見せてもらったことがあるからわかる。オフィスに行ってみたいと言いかけて、碧くんを困らせてしまうからやめた。

「マスクしてないんだ。人気出ちゃうね」

私がそう言うと、取るように言われたのだと碧くんは言った。恥ずかしいのか、テレビを見ずにパソコンの画面を見ている。

「でもテレビまで来たのは本当に運がよかった。テレビ局がたまたまメンタルヘルスケア関連のサービスで特集を組もうとしていて、そのタイミングでうちのアプリが正式リリースされた」

「でもそういうアプリをこの時期にリリースするって決めたのは碧くんなんだから、すごいのは碧くんだよ」

SNSで検索をかけてみる。既にアプリを使っているという人や、申込みをしたという人の投稿が出てきた。碧くんについて話している人もいた。

「かっこいいって言われてるよ。宣伝になっていいね。一緒に東京タワー行くのやめたほうがいいかな」

「ううん、行こう。約束だから」

「二十四日も大丈夫？」

「二十四日は大丈夫だよ。東京で遊ぶよりずっと安全だと思う」

今年のクリスマスイブは終業式と重なっていて、学校が終わったら旅行へ行く約束をしていた。私がどこかへ行きたいと言ったら、それなら東京を離れてゆっくりしようと碧くんが言った。それからふたりで相談して博多に行くことに決めた。小さい頃、両親に連れられてどこかへ出かけたことはあったが、自分で旅行先を決めるのは初めてで心が躍《おど》った。それに、終業式のあとすぐに飛行機に乗って遠くへ行くというのも気分がよかった。

「お風呂楽しみだよね。写真撮ったらあげる？」

「ぜいたくしてると思われそうだからあげないかな」

ホテルは碧くんがいくつか提案してくれた中から私が選んだ。日本の都市景観百選にも選ばれた福岡市シーサイドももち地区に建つホテルは、すべての部屋から博多湾が見えるらしい。中でも私たちが予約したパノラミックスイートは、豪華客船をイメージしたホテルの先端部分に位置していて、お風呂場から三百二十度のパノラマビューが楽しめるという。

洗顔と歯磨きを済ませ、碧くんと相談しながら今日着ていく服を選んだ。子供っぽい服を着ていると、碧くんと並んだときに目立ってしまう。碧くんに迷惑をかけるようなことがあってはいけない。大人には見えなくても、せめて大学生くらいに見える服を選ばないといけない。

色々と試してみた結果、今日は丈の長いざっくりとしたベージュのコートに黒のスキニーを合わせた。冬のほうが服で体を隠せて年齢をごまかしやすいようだった。

碧くんが家の前にタクシーを呼んでくれた。タクシーに乗るとすぐに酔ってしまうから気をつけないといけない。特に、走行中にスマホの画面を見ていると十秒も経たずに酔ってしまう。私がタクシーに酔いやすいのを知っている碧くんが、すぐに小さなテレビを消してくれた。画面を直視しなくても、視界に入るだけで酔ってしまうことがあるからだ。私はタクシーのテレビを消していいと知らなかったから、最初に碧くんがテレビを消したときはちょっと驚いた。タクシーを降りた後で、あれは乗客が勝手に消していいものなのかと聞くと、わからないが、テレビのせいで乗客が気分を悪くしたら運転手も心が痛むだろうと碧くんは言った。

酔わないように気をつけてさえいれば、タクシーが一番好きな乗り物かもしれない。他の乗客がいないところと、街中を走ってくれるところがいい。歩いている人や信号待ちをしている人を、安全で快適な場所から観察することができる。でも、若い女の人がひとりでタクシーに乗ると、運転手さんに失礼な態度をとられると聞いたことがある。私がタクシーで嫌な思いをせずに済んでいるのも、碧くんが一緒に乗ってくれるからだろうか。

東京タワーにはあっという間に着いた。十分もかかっていないだろう。

「久しぶりに来た。やっぱりスカイツリーより東京タワーのほうが綺麗だよね。色もいいし形もいい。スカイツリーはどうしてあんなデザインにしたんだろうか」

タクシーから降り、碧くんが東京タワーを見上げて言った。

「スカイツリーって行ったことない。何があるの？」

「今度行こうよ。水族館とかプラネタリウムあるよ」

「水族館とプラネタリウムがあるんだ。プラネタリウムって行ったことない。星を観るの？」

「東京タワーって階段でも上れるんだっけ。上れたら上ろうか」

「ううん、エレベーターがいい」

「天井に星空の映像が投影されるんだよ。基本的に映画館みたいな感じなんだけど、追加料金払うとお月さまのシートがとれて、寝そべって観ることもできる」

「映画館みたいな感じなんだ。プラネタリウム観るんだったら本当の星のほうがいいかも」

「星がよく見えるところに行こうとすると都心から離れないといけないから。それに夜を待たないといけないし、外にいないといけないから」

私たちはエレベーターで地上百五十メートルのメインデッキへ上った。エレベーターが暗かったせいか、窓から射し込む陽の光がやけに眩《まぶ》しかった。窓のそばへ行くとさすがに高い。でも高い場所なのは知っていたから驚きはない。本当に高いことをあらためて確認したという感じだった。

少し離れたところに建設中の建物が見えた。何が建つんだろうと呟くと、タワーマンションじゃないかと碧くんが言った。

「タワーマンションが建つんだ。碧くんは大工さんになりたいと思ったことある？」

「大工は主に木造建築物の建築に携わる人をいうらしいよ」

「そうなんだ。木造じゃないときはなんていうの？」

「わからない。なんだろう」

「じゃあ、建物を建てる人になりたいと思ったことはある？」

「ない。でも小学生の頃とか思い出すと、なりたいって言ってる子がけっこういた。不思議だったな。スポーツ選手とかパイロットになりたいって子も多かったけど、それもよくわからなかった」

「じゃあ碧くんは何になりたかった？」

「自分では住めないマンションを毎日汗かいて建てるのはいったいどんな気持ちなんだろうか」

「自分では住めない？」

「住めないと思う。どんな間取りかわからないけど、あのあたりで新築のタワーマンションだったら相当高いよ。現場で働いてる人にはなかなか難しい」

「建てた人は割引になったりしない？　そういう制度があったらみんなやる気出ていいんじゃないかな。建ててもどうせ住めないんだったら手抜いちゃうと思う、私だったら」

小さな子供が突然左脚にぶつかってきてびっくりした。男の子だった。自分からぶつかってきたのに、男の子のほうも驚いたような顔をしていた。

「すみません。ほら、ごめんなさいは？」

母親らしき人が、男の子の肩に手を置いて言った。男の子は何も言わなかった。母親らしき人がすみませんともう一度謝った。少し離れたところに父親らしき人がいて子供を見ていたが、こちらへやってくる様子はない。子供が謝らないのは別にいいが、父親が自分は関係ないといった態度で母親にだけ謝らせているのはおかしいと思った。私が父親を見つめているうちに、母親と子供は離れていった。

ふうかちゃんは子供が欲しいかと、碧くんが建設中のタワーマンションのほうを向いたまま聞いた。

「どうだろう。まだわからない。今考えていることは大人になれば変わるだろうから、大人になってから考えればいいと思う。碧くんは子供が欲しい？」

「僕はいらない。子供を見て可愛いと思ったことないんだ。汚くてうるさいと思う」

「そうなんだ。ふうかは？」

「ふうかちゃんはもう子供じゃないよ」

私たちは窓際に沿って展望台を歩いた。二十代前半くらいのカップルが向こうからやってきて、手を繋いでいるのが見えた。碧くんの左手が空いているのを意識したが、人前で触れ合ったりしないほうがいいのはわかっていた。碧くんに迷惑がかかるかもしれないからだ。

しばらく歩くと、小さな神社のようなスペースが見えた。

「東京二十三区で一番高いところにある神社だって。恋愛成就と合格祈願にご利益があるらしい。だから絵馬がハートの形してるんだ。一番高い所にあるから神様にもお願いが届きやすいって」

碧くんがスマホの画面を見ながら言った。神社のことを調べてくれたらしい。

「恋愛成就の神社なんだ。私たちも何か書く?」

私がそう言うと、僕はいい、神様は何もしてくれないからと碧くんは言った。神社に来る機会は滅多にない。せっかく来たのだから、私は絵馬に何か書いていきたい気分だった。でも、よく考えたら財布を持ってきていない。碧くんが一緒にいるからと油断して、家に置いてきてしまったのだった。なんだか寂しい気持ちになってきた。碧くんはすぐそばにいるのに、不思議なことだ。絵馬を買ってと碧くんに頼みたいが、喋ると声が震えてしまいそうだった。こんなことで不安定になっていたら、碧くんを困らせてしまう。私は人の願いを眺めて気持ちを落ち着かせることにした。

ライブが無事成功しますように。今までたくさん苦労してきたから今年こそ幸せにしてください。笑っているだけでお金がもらえますように。働きたくない。今年は警察に行かなくて済みますように。三年以内に年収七百万、五年以内に八百万。つみたてNISAを始める。大好きな人と踊れますように。吉本に入る。痛い死に方はしたくない。これからもたくさん笑えますように。マネージャーになる。いつまで続くかな、大好きやで。暗証番号を忘れませんように。五キロ減。コンサートチケットが当たりますように。ハムスターを飼う。マッチングアプリはもうやめたい！　牛丼を食べなくても済みますように。スキーに初挑戦。日本を代表するマジシャンになる。目標がすべて達成できますように。ずっと仲良く、ずっと一緒な。バイト先に変なお客さんが来ませんように。経済回復。家の近くにドーナツ屋さんができますように。一年以内に可愛い彼女と出会えますように。セミになって空を飛びたい。家族が健康に暮らせますように。安産。普通の肌になりたい。横浜と千葉にたくさん行く。未来をつかめますように。大きく羽ばたきたい。優太くん、これを見つけてね。漫画の続きを早く読みたい。お姫様に生まれたかった。新しい家族が増えますように。監視カメラを庭に取り付けたい。みんなが笑顔でいられますように。

それから、展望台にあったカフェでホットドッグとソフトクリームを食べ、ふもとのお土産屋さんに寄って何も買わずにタクシーで家に帰った。碧くんはコーヒーを飲みながらNetflixで韓国のドラマの続きを観た。私は疲れていたみたいで、ソファで横になっているうちに気付いたら眠っていた。

目を覚ますと頭がすっきりしていたから、ダイニングテーブルで数学の宿題を少し進めた。わからないところは碧くんに聞いた。気付けば一年生もあと三ヶ月くらいだ。学校の宿題をこなすだけじゃなくて、そろそろ受験のことを考えたほうがいいのかもしれない。でも何から始めたらいいのかわからない。どうして学校の勉強をしているだけでは足りなくて、それとは別に受験勉強をしないといけないのだろう。塾に通えばいいのだろうか。二年生になったら通ったほうがいいのかもしれない。塾の授業料がどれくらいかかるのか知らない。でも、父親はたぶん出してくれるだろう。

碧くんはお料理代行の人が作ってくれたごはんを温めている。しばらく放置していたスマホを見ると、父親からの長くて一方的なＬＩＮＥが来ていた。

ふうかちゃん、最近連絡がないけれど元気ですか。ちなみにですが、お父さんは元気でやってます。

昨日は青児《せいじ》の誕生日だったので、喜ぶかと思ってネコタワーというものを買ってみました。写真を送ります。けっこう大きいです。

大きさがわかるようにと思って、お父さんが隣に立ってみました。写真はセルフタイマー機能を使って撮りました。角度の調整が難しく、何度かやり直しました。ふうかちゃんたちの世代のほうが、こういうのは得意でしょうか。少しぼやけてしまいましたが、要は、ネコタワーというのはネコ用のアスレチックのようなものです。

ふうかちゃんも、小さい頃は男の子に交じってアスレチックで遊ぶのが好きでしたね。一度手のひらにトゲが刺さって、お父さんがピンセットか何かを使って取り出そうとしたんだけど、なかなか取り出せなくて、ふうかちゃんはそのトゲがいつか心臓に達して、そして死んでしまうのではないかと、本気で心配して大泣きしたことがありましたね。

あのトゲは結局どうなったんでしたっけ。お父さんは忘れてしまいました。でも忘れたということは、きっと大したことにはならなかったのでしょう。

それで、ネコタワーなのですが、青児は全然遊んでくれません。無理やりにでも上に乗せてみれば、面白さに気付いて遊んでくれるようになるかと思ったのですが、いやだったのか、近付かなくなりました。三万円もしたのに、無駄になってしまいそうです。

お金のことはいいのですが、それよりも、ネコタワーは見ての通り大きいので、場所をとります。でも捨てるのももったいないので、どうしようかと思っています。

追伸：クリスマスのプレゼントは何がいいですか。忙しいと思うけど、気が向いたらたまには帰ってきてね。あと、たまには返事もちょうだいね。

子供の頃の記憶を辿《たど》ってみる。手のひらにトゲが刺さった記憶はないし、アスレチックで遊んだ覚えもなかった。どちらかといえば、女の子の友達とおままごとなどをして遊んでいるような子供だったはずだ。

送られてきた写真には、ネコタワーというらしい巨大な物体と、その横に並んで立つ父親が写っていた。父親は胸の前で腕を組み、わざとらしく困り顔を作っていた。青児がネコタワーで遊ばないのは当然だ。青児はこたつやふとんの中でまるくなっているのが何よりも好きな猫だった。一緒に過ごしていればわかりそうなものだが、父親は青児をよく見ていないのだろう。

父親の言う通り、この頃はなかなか返信できていなかった。たまには何か返事をするか。しかし、文字を入力しはじめたところでごはんの用意ができたと碧くんが言った。私は父親への返信などどうでもよくなり、スマホをソファの上に放った。

ダイニングテーブルには、お料理代行の人が作ってくれた料理が並んでいる。私がほうれん草のおひたしをつまんでいると、クリスマスプレゼントは何がいいかと碧くんが聞いた。クリスマスは旅行に連れていってもらえるはずだった。だからてっきりそれがプレゼントなのかと思っていた。

私は間を置いてじっくり考えてから、指輪がいいと言った。碧くんとお揃《そろ》いの指輪が欲しいと思った。普段つけるのはいいが、ふたりで出かけるときに同じのをつけていると目立つと碧くんは言った。出かけるときに外すのは寂しい。やっぱり一緒に旅行に行けるだけで十分だと私は言った。碧くんは何か考え込んでいるような様子だった。

「そういえばさっきお父さんからもプレゼント何がいいか聞かれた。どうしよう」

私がそう言うと、服はどうかと碧くんは言った。それはいい考えだ。碧くんと出かけるときに着る大人っぽい服があと二、三着は欲しかった。

では一緒に服を選ぼうと言うと、碧くんは高校の同級生と会うために今から出かけるという。急な誘いだが、関西に住んでいて滅多に会えないから行くことにしたらしい。相手は女の人で、既に結婚し、恋愛感情を持ったことは一度もないという。同級生とは付き合ったりしないほうが結果的に関係は長続きするのだと碧くんは言った。それにしても卒業して二十年も経つのにまだ交流があるなんてすごいなと思った。私はそういうのないんだろうなと言うと、在学中あんまり話さなかった人と、同窓会などをきっかけに卒業してから仲良くなることもあると言われた。でも、毎日同じ空間にいても話さなかった人と、二時間や三時間の同窓会で急に話せるようになるとは思えなかった。

碧くんが出かけ、私はゲームの準備を始めた。飲み物を用意して蠟燭に火をつけ、リビングの照明を消した。画面には、ダッフルコートを着て、首にマフラーを巻いた女の子が映っている。今日は東京タワーに来ていた。黒田というあの汗かきの中年男性もついてきてくれた。彼はもうすぐ悪霊になるらしいから、最後だと思って彼女の頼みを聞いてくれたのかもしれない。

「何か思い出せそうか」と黒田が聞いた。

「ううん、まだ何も。でも明るいときに来たら楽しそうなところですよね。アイスクリームとかラーメンとか色々ある」

彼女たちは東京タワーのフットタウンの二階にいた。黒田は首にかけたタオルで顔の汗を拭きつつ周囲を警戒している。黒田が起きていられる時間は短い。黒田が現れるのを待っているうちに時刻は一時を過ぎ、東京タワーの内部は真っ暗だった。

「時間がないから、そろそろ展望台に行ったほうがいいかもしれない」

黒田に従い、彼女は展望台へ上った。彼女が窓辺に駆け寄る。黒田は心配そうな顔であたりを見回している。照明がついていないから、街の明かりが際立っている。昼間に上った私は見られなかった景色だ。

「僕が後ろを見ているから、君は街を見ていていい。何かあれば知らせる。マフラーは使えるようにしておけ」

彼女は景色を眺めながら展望台のフロアをぐるりと回っていく。そのうちに、小さな神社があることに気付いた。

「絵馬か。君がもしここへ来ていたら、何か願い事を書いたかもしれないな。あるいは君の家族が何か書いたかもしれない」

「ちょっと見てみてもいいですか。見えてるところしか読めないけど」

「後ろは見ている」

彼女は絵馬の読める部分を読んでいく。しかし、どれも彼女に関係するとは思えないものばかりだった。

「願い事をしにきたんですか。やめたほうがいいですよ。神様は何もしてくれない」

突然、彼女の隣に背の高い男が現れた。見張りをしていた黒田は、信じられないといった様子で目を見開いている。男が彼女の手首を掴《つか》み、強引に自分のほうへ引き寄せた。

「この絵馬を見てください。絵梨とずっと一緒にいられますように。これを書いたのは僕です。その隣の倫也くんとずっと一緒にいられますようにとあるのは、彼女が書きました。ふたりでひとつの絵馬を書いてもよかったのですが、ふたつ書けば効果が二倍になると彼女が言って、そうしたんです。でもその翌年に僕は死んだ。神様はふたつの願いを無視したことになります。他にもたくさんの絵馬がありますが、願いのほとんどは無視されているでしょう」

黒田が男に掴みかかる。男が彼女の腕を放した。男と黒田はもつれあいながら床に倒れた。

「こいつは悪霊だ。早く逃げろ」

男が黒田を振り払い、彼女に摑みかかろうとする。黒田が男の片足に飛びつき、男をふたたび倒した。

「早く行け」

彼女は走り出した。階段を見つけ、一目散に駆け下りていく。階段は建物の外に続いている。落下防止の赤い金網越しに街の明かりが見える。悪霊は追ってこない。彼女は足を止めず赤い階段を下りていく。

長い階段が終わり、ひらけたスペースに出た。ここはフットタウンの屋上で、地上へ出るにはまた建物の中に入って一階まで下りないといけない。彼女が階段から離れる。振り向くと、階段の踊り場に悪霊が立っている。悪霊は彼女を見て薄笑いを浮かべると、ふっと姿を消した。彼女は目を凝らしてあたりを見回すが、悪霊の姿はどこにもない。かと思うと、突然目の前に悪霊が現れた。足がもつれ、彼女は後ろへ倒れてしまう。悪霊の腕が彼女に伸びる。彼女はマフラーに祈った。悪霊が彼女を見失う。彼女は立ち上がり、フットタウンの中へと走っていく。

ここで操作が私に移った。中はとても暗く、自分の足元もよく見えない。目の前まで来てはじめてそこに壁や柱があることに気付く。もたもたしている間に、さっきのように悪霊が突然現れて首根っこを掴まれた。

すぐにコンティニューしたが、悪霊はまた前触れなく現れた。前触れがないと、対処のしようがない。何度目かのコンティニューで、悪霊が近くにいるときは息遣いのような音がかすかに聞こえることに気付いた。音がしている間は、柱の陰に隠れてじっとしていれば悪霊には見つからないらしい。私はコツを覚え、東京タワーを脱出した。

坂を下り、大通りに出た。タクシーが三台連なって走っていく。東京タワーにも彼女に繋がる手がかりはなかった。これからどこへ行けばいいのだろうと考えていると、後ろから声をかけられた。黒田が汗を拭きながらこちらへ駆け寄ってくる。

「黒田さん」

「無事だったんだな」

黒田は息が上がり、短い言葉を話すのがやっとのようだった。黒田の呼吸が整うまで、しばらく無言の時間が流れた。

「悪霊が君を追いかけていったおかげで、僕は殺されずに済んだ」

「黒田さんがいなければ私は展望台で殺されていました」

彼女が何かに気を取られたように道路の向こう側を見つめている。視線の先には公園の入口があった。

「あの公園、たぶん来たことがあります」

「生きているときにということか」

彼女は頷いた。駆け足で道路を渡っていく。途中、タクシーが彼女の体を通過した。が、彼女は気にならない様子だった。公園の中へ入っていく。黒田がやっとのことで彼女についていく。

「やっぱりそうだ、私ここへ来たことがあります。それから、たぶんあっちのほうに私の家があります」

黒田が頷いた。気付けば黒田の輪郭は薄れ、今にも消えようとしていた。

「中へ入るときは一緒に行こう。明日か明後日、僕が現れるまでここで待っててくれ。今日は調子がよかったから、きっとまた現れる。君はそれまでに家の場所をはっきりさせておいてくれ。でも僕が来るまで中には入るな。ふたりで行ったほうが安全だ」

彼女は頷いた。

黒田の姿が消えていく。疲れが出たのか、彼女はその場に座り込んだ。それからしばらくして彼女の輪郭も薄れはじめる。起きていられる時間が短くなってきたようだ。

5

スーパーに寄って食材を大量に買った。本当はもう少し買いたいものがあったが、重いのであきらめた。

インターホンを押すと父親がドアを開けた。おかえりと父親は言った。ピンポンなんて押さなくていいのにとも言った。数ヶ月ぶりに会った父親は元気そうだった。しばらく見ないうちに老け込んだりしているんじゃないかと思ったが、幸いそういうこともなかった。碧くんほど恰好良くはないが、同年代の男性と比べれば若く見えるほうなのではないかと思う。染めているのかもしれないけれど、白髪も混じっていない。お腹も出ていない。

リビングに行き、買ってきた野菜や肉を冷蔵庫に詰めていく。詰めるべきものをすべて詰め終わった後で、まだ青児の姿を見ていないことに気付いた。尋ねると、青児は最近私の部屋にいることが増えたのだと父親は言った。

「僕が帰ってきても、ふうかちゃんの部屋にこもってなかなか出てこないんだよ。行ってみるとだいたいベッドで寝てる」

自分の部屋に行ってみると、ベッドや机、棚などが家を出たときのまま残っていた。部屋の明かりをつける。ほこりが積もっているのではないかと思ったけれど、私が来るからと掃除をしてくれたのか、あるいは普段からしているのか、部屋はきれいだった。

　青児は父親の言った通り、部屋の端にあるベッドでまるくなって寝ていた。青児に近付いて上から顔を覗き込む。私の頭が明かりをさえぎり、青児の顔に影がかかった。青児は目を開け、たしかに私と目が合ったのに、もぞもぞと体勢を変え、また眠りについた。久しぶりに帰ってきたのに冷たすぎやしないか。でもこのくらいの距離感が私にとっても青児にとっても良いのかもしれない。

　青児のおなかのあたりをなでてみる。青児は何の反応も示さない。ためしに人差し指でおなかをぐっと押してみると、青児は迷惑そうにゆっくりと体勢を変え、尻を私のほうに向けた。

　青児はもともと太っていたけれど、また少し太ったような気がする。父親が必要以上に餌《えさ》を与えるからだ。私がそのことを指摘すると、だって欲しいって言うからと父親はいつも言い訳をした。猫が餌を要求するのは当たり前だ。この子たちには、最近おなかが出てきたから少し気をつけようとか、将来のことを考えてちょっと我慢しようとか、そういう発想はないのだから。猫の健康を考え、食事の量をコントロールするのは飼い主の役目だ。父親はその役目を果たそうとしない。父親のそういうところは嫌いだ。でも家を出ていった私にはもう何も言う資格がない。青児がぶくぶく太っていくのを黙って見ているしかない。

リビングに戻ると、父親はソファに腰かけてテレビを見ていた。画面には最近テレビに出るようになった二人組の若手お笑い芸人が映っていた。人気旅館のリポートをしているところのようだ。彼らの漫才を私も何度か見たことがある。ツッコミのしかたに特徴があり、一度見たらなかなか忘れられない。

彼らが何か面白いことを言ったのか、父親が声を出して楽しそうに笑った。父親は昔からテレビを見て大笑いができる人だった。これはきっと良いことだと思う。私は笑いかけた瞬間にテレビを見てひとりで笑っている自分を意識し、笑いが引っこんでしまう。せいぜい、へへ、というしけた花火みたいな笑い方しかできない。

「お父さん、旅行とかは行かないの」

「どうしたの、急に」

「今、旅館とか映ってたから」

「そうだなあ、行ってないなあ。思い付きもしなかったよ、旅行なんて」

「もし行くときがあったら、青児あずかるよ。べつに旅行じゃなくても、必要なときは言ってくれたらあずかるから」

キッチンに行き、夕飯の支度をすることにした。私がいた頃は私が料理を作っていたけれど、今は外食ばかりしているという。魚をあまり食べていないと聞いていたから、今日はサバを買ってきていた。サバは塩焼きにした。私は刺身が食べたかったから、かつおの刺身も買ってきた。

白菜となめこ、それから豆腐とわかめとねぎを入れた味噌汁も作った。具を入れすぎたようで、汁がほとんど見えなくなった。味噌汁なのに、飲むというよりは食べるというほうが近かった。これは失敗だった。野菜も何品か用意した。明日と、うまくすれば明後日も食べられるようにそれぞれ多めに作った。かぼちゃとにんじんを煮た。ほうれん草をおひたしにした。ポン酢をかけて食べてもらうつもりで、白菜ともやしを茹でた。胡椒《こしょう》をきかせたポテトサラダを作った。肉を入れると日持ちしなくなるかと思い、ハムは入れなかった。入れたほうがおいしかったかもしれない。

食事の用意を終えて父親を呼ぶと、手料理がこんなに、とため息をついた。碧くんからは、一緒に暮らし始める前から料理はしなくていいと言われていた。でも時々作ってあげたら碧くんも喜ぶだろうか。父親がほうれん草のおひたしを口に運ぶのを見ながら、父親と一緒に食事をとるのが苦手だったのを思い出した。

私は父親の斜め前の席に浅く腰かけ、脚を伸ばした。

「ここに傷あったじゃん。小学生のときにできたやつ。この前病院行って注射してもらったら、ちょっときれいになったよ。注射で良くなるんだねこういうのって」

スカートの裾《すそ》を少しめくってみせる。処方されたテープを傷に貼っていたから、それも剝がしてみせた。

そんなところに傷なんてあったっけと、父親はよく覚えていないようなことを言った。本当は覚えていて、わざととぼけているような感じだった。もともと気にするような大した傷ではなかったことを示そうという、父親なりの優しさだろうか。

「そういえば前よりきれいになった気がするね。言われないとわかんないよ。もともと言われなければわかんないような傷だったような気もするけど」

父親はそう言ったが、あまり傷をちゃんと見ようとしなかった。おそらく適当に合わせているのだろう。私はテープを貼りなおし、スカートの裾を整えた。

「変な病気なんじゃないかと思ったけど、たぶん遺伝とかの関係で、もともとそういう体質なんだって。傷がこういうふうになりやすいっていう。もしかしてお父さんもそう？」

私がそう言うと、父親は急に気になったように、ふうかちゃんが作ってくれたおかずは何日くらい食べられるかなと聞いた。脈絡《みゃくらく》がないと思いつつ、冷蔵庫に入れておけば明後日までは持つと思うけれど、一応においや見た目を確認してから食べて欲しいと私は答えた。

「ふうかちゃんは食べていかないの」

「うん、私は家にごはんあるから」

そう、と父親は少し残念そうに言った。箸《はし》を置いて部屋から出ていったかと思うと、紙袋を手にして戻ってきた。

「これで合ってるかな」

紙袋の口を開ける。クリスマスプレゼントにお願いしたスカートとブラウス、それからワンピースが入っていた。色やサイズも頼んだ通りだった。

「合ってる。ありがとう」

「ふうかちゃんも大人になったね。うちにいた頃と着る服が変わった」

私は曖昧に笑ってコートを着た。

6

明日は終業式で、そのあとは旅行へ行く。制服を着替えないと行けないから一度碧くんの家へ帰るけれど、すぐに出発したいから荷物は今日のうちにまとめておきたかった。私はさっきから慌ただしく用意をしていたが、碧くんはゆったりとソファに座ってNetflixで韓国のドラマを観ていた。

「碧くんはもう準備終わったの？」

碧くんがリビングの隅にある薄いリュックを指差す。荷物はあれだけだという。

「え、オフィス行くときとかに使ってるやつだよね」

「二泊だったらあれで十分だよ。あとはパソコン入れるだけ」

「パソコンも持っていくんだ。お仕事する？」

「一応ね。なるべく開かないようにしたいとは思ってる」

「ホテルにどこまで揃ってるんだろう。タオルは持っていかなくていいのかな」

「そうか、ふうかちゃんがまだ十六歳なのを忘れていた。一緒に荷造りしようか。タオルは持っていかなくて大丈夫。最悪同意書だけあればなんとかなるよ。アメニティはホテルのホームページに書いてある」

碧くんが手早く検索してアメニティの一覧を見せてくれた。

「このアイロンって髪のアイロンかな」

「服のアイロンだと思う。髪のアイロンは自分で持っていったほうがいい。やっぱりボストンバッグで行くから、その中に色々入れていいよ」

碧くんが物置がわりに使っている部屋からボストンバッグを取ってきた。私が洗面所からアイロンを取ってきて入れようとすると、でも明日も使うよねと止められた。つまり、明日持っていくものを揃えた上で、それをさらに今バッグに詰めていいものと、明日詰めるものの二つに分けないといけないのだった。

「ふうかちゃんが使ってる韓国の化粧水ってドラッグストアとかには売ってない

よね」

「ドラッグストアとかには売ってない。いつもネットで買ってる」

「じゃあそれも家から持っていきな。僕のバッグに入れていいから」

「化粧水も碧くんのバッグに入れていいのね。クリームも入れていいかな」

「なんでも入れていいよ。入るだけ」

碧くんに手伝ってもらい、少し時間はかかったが荷造りは無事に終わった。碧くんは早めに寝ると言って寝室へ入った。私はゲーム機の電源を入れ、テレビをつけた。明日は授業がなくて終業式だけだから睡眠不足でもなんとかなる。昼寝は飛行機の中ですればいい。

画面には、ダッフルコートを着て、マフラーを首に巻いた女の子が映っている。彼女は黒田と一緒にタワーマンションの前に立っている。

「立派なマンションじゃないか。君は金持ちだったんだな」

黒田が首にかけたタオルで汗を拭いながら言った。

「このマンションに住んでたことは間違いないと思います。でも、家族のこととかはあまりよく思い出せない」

「どの部屋かわかるか」

「わからないけど、上のほうだと思います」

彼女は伏し目がちに言った。まるで上のほうに住んでいたのを恥じているかのようだった。

「上の部屋から見ていったほうがいいか。とりあえず一番上のフロアを目指そう」

オートロックの扉をすり抜け、ふたりはマンションの中に入った。エントランスは広く、奥のほうにソファ席がいくつかあった。ソファ席には誰もおらずがらんとしている。ソファの置き方がどことなく碧くんが住んでいるこのマンションのエントランスと似ていた。打ち合わせなどに使えそうなスペースだけれど、実際に使われているのを見たことはない。

私の操作で彼女が階段を上っていく。五階まで上がったところで誰かの声が聞こえた。振り向くと、階段の下に六十代くらいの男性が立っていた。半袖のワイシャツを着て、裾をズボンにしまっている。

「飛び降りに来たんだろう。迷惑だからやめなさい。あんたが地面にぶつかるときに、たまたま人が来たらどうする。そうでなくても、潰れたあんたを見た人が嫌な思いをするだろう。飯がまずくなって夜も眠れなくなるだろうよ。ここの住人や管理会社にも迷惑がかかるし、ただでさえ忙しい警察の手も煩《わずら》わせることになる」

「飛び降りに来たんじゃありません。前ここに住んでいて、ちょっと用があって来ただけです。用が済んだらすぐに出ていきます」

「身分証を持っていればまだいいが、そうでなければ身元を調べるのにも時間がかかる。自殺なのかどうかもはっきりさせなきゃいけない。遺書は持ってきたのか。そんだけ色んな人に迷惑かけて、あんた責任取れるのか。取れないだろう。そのときにはもう死んでいるんだから。自分が死んだあとのことなんてどうだっていいと思ってるんだろう。あんたの顔を見ればわかるよ」

「悪霊と話しても無駄だ、上へ急ごう。僕たちには時間がない」

黒田に促され、彼女は階段を駆け上がった。ここで私に操作が移る。時々部屋の中に身を隠しながら、マンションの最上階を目指していく。今日はクリスマスのようだ。遅くまで明かりがついている部屋が多い。チキンやケーキを食べている部屋もある。クリスマスソングが流れている部屋もある。みんな楽しそうだ。

このゲームにも随分慣れた。私は一度も悪霊に捕まることなく最上階にたどり着いた。

「どの部屋だ」

黒田が後ろを気にしながら聞いた。一番奥の部屋へ向かって彼女が走り出す。すると手前の部屋から悪霊が現れ、彼女に手を伸ばした。間一髪のところで、黒田が悪霊に体当たりした。悪霊の動きが止まる。

「早く行け。僕はどうせもう消える」

悪霊が黒田の首を絞めている。黒田の輪郭が薄くなりはじめている。彼女は一瞬ためらう素振りを見せたが、黒田と悪霊を追い越していこうとする。ところが、黒田が彼女の腕を摑んだ。

「ずっと君を触りたくてたまらなかった」

悪霊が笑いながら黒田の首から手を離す。連帯を示すかのように、黒田の隣に並んだ。黒田は汗を拭きながら彼女の手首を摑み、もっと自分のほうへ引き寄せようとする。黒田は悪霊になってしまったようだった。

「実をいうと僕は自分が生きていたときのことを大体思い出しているんだ。小さなＩＴ企業でＳＥをしていて、忙しいわりに薄給だった。もっといいところへ移れるようなスキルもなかったし、大して良いことも起こらないままいつの間にか四十近い歳になっていて、転職は容易ではなかった。女の人には全然相手にされなくていつもいらいらしていた。街でカップルを見かけるたびに殺してやりたいと思っていたよ。

会社へ行く朝の電車はいつも混んでいた。ある日、あとから乗ってきた人に押し込まれ、気付くと目の前に制服を着た女の子がいた。その日は真夏日で、彼女は髪を結んでアップにしていて、首に汗をかいているのが見えた。僕は彼女に触れないようにしたかったけど、混みすぎていてどうしても彼女の尻に体があたってしまった。それで、四十年近く生きていて一度もそんなことはなかったんだが、女の子の腰に手を回して、軽く抱きしめたんだ。そしたら近くにいた男に腕を摑まれて、警察へ行くことになって何もかもおしまいになった。

その女の子も君と同じくらい小柄な子だった。腕の太さなんて僕の半分くらいだったよ。怖かっただろうなあ。抱きしめていると、震えているのがわかったよ。僕みたいなやつに抱きつかれるのは気持ち悪くて怖かっただろうなあ」

黒田が彼女の腕から手を離し、悪霊に摑みかかっていく。黒田と悪霊がもつれあいながら壁をすり抜けて落ちていく。彼女が窓から下を覗き込むと、ふたりの姿はもう見えなかった。

彼女は部屋の中に入る。玄関は暗い。けれど、奥からは人の声がする。廊下の隅のほうに老いたミニチュア・ダックスフントがうずくまっていて、彼女を見ている。彼女はゆっくりと廊下を進んでいく。ミニチュア・ダックスフントは彼女を目で追うだけで、吠えもしないし立ち上がりもしない。ドアの向こうから楽しそうな声がする。彼女がドアをすり抜ける。部屋の明るさで目が眩《くら》む。男の人と女の人がソファに座っているのが見える。彼らの前には小さな子供がいて、テレビに向かってコントローラーを振っている。

部屋の隅には天井に届きそうなほど立派なクリスマスツリーがあり、オーナメントや電飾で飾り付けられている。ツリーの手前には赤と金の包装紙で綺麗にラッピングされたプレゼントの箱が転がっている。

「ねえ、さすがにそろそろ寝かしたほうがいいんじゃない？」

「まだいいじゃないか。クリスマスなんだし」

彼女は彼らの顔をじっと見つめている。が、どれだけ眺めても彼女の記憶の中に彼らはいなかった。彼女は部屋の外に出る。右手に寝室がふたつある。そして廊下を左へ曲がると正面にトイレがあり、左手には洗面所と浴室がある。間違いなく彼女が暮らしていた家だった。そして、トイレの右手の部屋に入ろうとしたとき、彼女の体が震えはじめた。顔の前で両手を広げてみる。指が小刻みに震え、自分では止めることができない。どうして体が震えるのか、彼女にはわからない。わからないまま、部屋の中に入る。他の部屋と比べると小さな部屋だ。置かれているベッドも小さく、床には人形がいくつか転がっている。

忘れていた情景が彼女の脳裏によみがえる。この部屋はかつて彼女の部屋だった。母親は家にいることが多く、寂しい思いをしたことはほとんどなかった。父親は大企業に勤めたのち起業し、事業は順調だった。が、少数の取引先に依存していたため、それらの取引が打ち切られると業績は一気に悪化した。巻き返しを図ろうとして行った新規事業への投資も上手くいかなかった。父親は精神的に追い込まれ、母親と彼女にひどいことを言うようになり、手を上げることもあった。やがて母親は彼女を守ろうとしてこの家から出た。が、父親は逆上して彼女たちが住むアパートに押しかけ、ふたりを殺して自殺した。

すべてを思い出した彼女は、ふらふらとリビングに戻った。幸せそうに笑うこの部屋の住人たちは、彼女たちが出ていったあとに入居した家族だった。彼女とは何の関係もない。たったひとりの味方だった黒田も悪霊になった。彼女はひとりぼっちだった。部屋の隅で立ち尽くしている彼女を残し、画面が暗転する。そして、無音のまま白い文字でエンドロールが流れはじめた。

ふと、視界の端で何かが光った。碧くんがキッチンの明かりをつけたみたいだった。私はイヤホンを外した。

「眠れないから夜食でも食べようと思って」

「眠れないんだ。大丈夫？」

立ち上がって碧くんのそばへ行った。碧くんはシチューを温めている。鶏肉と野菜がたっぷり入った白いシチューだ。

「ネットで検索をかけると、うちのアプリの話をしてくれてる人がちょこちょこいるんだ。それだけならいいんだけど、僕について書かれたまとめ記事も出てきた。よくあるやつだよ。結婚してるか、彼女はいるか、年収はどのくらいか、出身大学はどこか。僕は今まで大企業にいて、個人としてこれほど注目されたことはなかったから、まだ慣れなくて」

「そうだよね。私もネットに自分のことが書かれていたら落ち着かないと思う」

「ふうかちゃんも食べる？」

「ふうかも食べようかな」

お腹はあまり空いていなかったけれど、なんだか体が冷えていたから少しもらうことにした。シチューを二人分よそい、テーブルについた。碧くんがこのままでいいというから、リビングの明かりはつけなかった。キッチンの明かりと蠟燭だけだ。今日のシチューは、お料理代行の人ではなく碧くんが作ってくれたシチューだ。シチューはあたたかく、何かに包まれているような安心感を覚えた。

不意に、母親が自分を抱きしめてくれたことがあったのを思い出した。小学校の高学年の頃だったと思う。父親はその日、出張か何かで家にいなかった。母親はリビングでゲームをしていた。テレビの画面にはゾンビが映っていた。母親が操作するキャラクターが銃を持ち、そのゾンビを撃っていた。弾がなくなると今度はゾンビに接近し、その体をナイフで何度も切り裂いた。母親は機嫌がよさそうだった。

私はソファに座り、母親の肩越しにテレビの画面を見ていた。母親がリビングでゲームをしているのは珍しくなかったけれど、それまでにやっていたいくつかのＲＰＧとはどう見ても毛色が違っていた。どうしたのと聞きたかったが、少し迷った末に黙っていた。聞いても答えが返ってこないとわかっていた。高学年になる頃には、母親は私のことを無視するようになっていた。

当時の私は、母親に構ってもらいたいという気持ちもあったけれど、それ以上に、母親には子供を無視するような人間でいてほしくないと思っていた。私の母親は優しく愛情に溢れた母親のはずだ。そう思っていたかった。だからなるべく話しかけないように努力していた。私が話しかけなければ、母親も私を無視せずに済んだ。

でも、そのときは意外にも母親のほうが口を開いた。怖くて眠れなくなっても知らないよと母親は言った。顔はテレビのほうに向けたままだったけれど、状況からすると私に言ったのだと考えられる。母親が私に話しかけるのはとても珍しいことだった。

あまりにも思いがけないことだったために、何も言うことができなかった。あのとき、私が何か気の利いた返事を、いや、ありきたりなことでもいいから、何か返事をできていたら良かった。もしかしたら、わずかな可能性かもしれないけれど、それに対して母親がまた何かを言い、ふつうの親子のような会話になったかもしれない。でも、当時の私には難しかった。母親と言葉を交わすことに、あまりにも慣れていなかった。

ゲームの画面を眺めているうちに、気付けば普段なら寝ているくらいの遅い時間になっていた。母親はいつまでもゲームを続けていそうだった。私は切りがいいところで自分の部屋に行き、ベッドに潜り込んでみた。が、母親の言った通り、ひとりになってみたら怖くて眠るどころではなかった。ゲームの中で、ゾンビが急にドアを開けて部屋の中に入ってくるシーンがあった。その映像がどうしても頭から離れず、部屋のドアから目を離すことができなかった。

私は眠るのをあきらめてリビングに戻った。でもリビングは真っ暗になっていて誰もいなかった。余計に怖くなり、母親の部屋に行った。ほとんど距離はなかったけれど、うしろからゾンビが追ってくるような気がして、ほとんど駆け込むようにして母親の部屋のドアを開けた。

ベッドに腰かけていた母親は飛び込んできた私を見て、わ、と小さく声を上げた。私はそのままの勢いで母親に抱きついた。母親は、たぶんそんなことをするつもりはなかったと思うけれど、反射的に私のことを受け止め、ほんの少しの間だけ私を抱きしめるような恰好になった。

　急に入ってくるからゾンビかと思ったと、母親は私から離れたあとで言った。私に言ったというよりは、ひとりごとのようだった。母親も私と同じようなことを考えていたのだと思うと嬉しくなった。

　怖くてどうしても眠れなくなってしまったのだと私が言うと、母親は迷惑そうだったが、最後には仕方ないといった調子で私をベッドに入れてくれた。もしかしたら、あのときは母親もひとりで眠るのが心細かったのかもしれない。ゾンビがやってきたとき、私をおとりにすれば逃げることもできる。

　眠気がやってくるまで、ふうかちゃんがゲームをするところを見ていてもいいかと碧くんが言った。もちろんいいと私は言った。

7

福岡空港からホテルの前まで行くバスがあって、それに乗ることにした。碧くんはタクシーのほうがいいんじゃないかと言ったけど、私がバスに乗りたいと言った。バスのほうが旅行らしくていいと思ったのだ。バスは四十分ほどでホテルに着いた。もっと乗っていてもいいくらいだった。

遠くまできたわりにあっという間に感じたけれど、終業式に出ていったん碧くんの家に帰り、昼食を済ませてから来たからすぐに予約していたディナーの時間がきた。ホテルにはいくつかのレストランが入っていて、それぞれクリスマスディナーを用意していた。碧くんはクリスマス感のあるお店のほうがいいんじゃないかと言ったけれど、ホームページを見ていたらどうしても食べたくなって、初日は鉄板焼の店にしてもらった。

鉄板焼のお店はホテルの最上階にあって、カウンターの向こうに夜景が見えた。ここは地上百二十三メートルだというから、東京タワーの展望台にいるのとそれほど変わらない。料理人が目の前で焼いてくれた佐賀の良いお肉はとてもおいしかった。

お店から出ると、どこのホテルにも鉄板焼の店が入っているのはどうしてなんだろうと碧くんは言った。私はホテルに泊まった経験があまりないから、そう言われてもよくわからない。でも、碧くんが知らないだけで、鉄板焼の店が入っていないホテルもたくさんあると思う。少なくとも中学の修学旅行で泊まった宿にこんなお店はなかった。

部屋に戻ってコンビニで買ったアイスを食べていると、手を出してと碧くんが言った。右手はスプーンでふさがっていたから、左手を出した。すると右手のほうだと言われた。碧くんの手には指輪があった。碧くんが私の人差し指に指輪をはめてくれる。サイズはぴったりだった。

「調べたらデザイン違いのペアリングもけっこうあったんだ。同じのは目立つけどこれならつけられると思って」

「すごく嬉しい。ありがとう」

「ふうかちゃんはブルーベースだからホワイトゴールドにした。気に入ってもらえるかな」

「うん。きれいな色」

碧くんが自分の指輪を見せてくれる。私の指輪が丸みを帯びているのに対し、碧くんの指輪は角張っていた。指輪を手にとって、碧くんの右手の人差し指にはめる。ふたりの手を並べて写真を撮る。たしかにこれならペアリングだとわからないだろう。ふたりだけの秘密が増えたようで嬉しかった。

お風呂に入るときも指輪をつけていていいのかと聞くと、お風呂はいいが、温泉はダメだと碧くんは言った。落ちない汚れがついたときはお店に言えばクリーニングもしてくれるが、自分でもこまめにクロスでやさしく拭いたほうがいいという。ところでどうして指輪のサイズがわかったのかと聞くと、寝ている間に紐を巻き付けて測ったのだと碧くんは言った。

碧くんはファミリーマートのアイスカフェラテが飲みたいと言ってコンビニに出かけた。カフェラテならなんでもいいというわけではなく、ファミリーマートのカフェラテがいいらしい。都合よくホテルの中にファミリーマートが入っているらしかった。

ひとりになり、私はお風呂に入ることにした。このホテル自慢の窓から博多湾が三百二十度見渡せるお風呂だ。外から丸見えだけれど、ここは二十階だし、近くに高い建物はないから大丈夫。カーテンはボタンを押すだけで開け閉めできて気分がいい。窓が大きいせいかちょっと寒いけれど、お湯に浸かれば問題ない。ホテルに着いてすぐに一度入ったが、せっかくこんなに眺めがいいお風呂なのだから、何回も入らないともったいない。何度も入って、写真を見なくても細部まで鮮明に思い出せるくらい目に焼き付けておくのだ。とはいえ写真も大事だから、角度を変えて何枚も撮った。

突然、碧くんがお風呂場のドアを開けた。誰か知らない人が入って来たのかと思ってひどく驚いた。こういうとき、碧くんなら必ずノックをするからだ。

「ふうかちゃん、今日はTwitter見た?」

「ううん、全然開いてないけど」

「しばらく見ないでもらってもいいかな。ふうかちゃんのことは何も書かれてないから。しばらく見ないでくれたほうがいいかもしれなくて」

「わかった、見ないほうがいいんだね」

「できればあまりネットも見ないでもらったほうが」

「わかった、ネットも見ないほうがいいんだね」

碧くんがドアを閉めた。私はすぐにお風呂から上がった。事情はわからないけど、碧くんのそばにいたほうがいいと思った。でも、むしろ一人になりたいだろうか。わからないけれど、とにかく体を拭いてリビングに行った。碧くんはベッドに座っていた。私も隣に座った。テーブルの上にコンビニの袋とアイスカフェラテが置かれていた。

「冷蔵庫に入れないといけないものはない?」

「冷蔵庫に入れないといけないものはない。ありがとう」

私は上げかけた腰を下ろした。碧くんが手を握って欲しいと言った。私はもちろん言う通りにした。それから長いことそのままじっとしていた。窓から見える夜景はこんなときでも綺麗だった。夜景を綺麗だと思う余裕があるなんて碧くんに悪い気がしたが、ふたりとも余裕をなくしているよりはいいだろうと思い直した。

「落ち着いてきた」

「落ち着いてきた？　よかった」

「変なリプライやメッセージがいくつか来てて。それで気付いたんだけど、前付き合ってた人がTwitterで僕の話してて、それがけっこう拡散されてて。もともとフォロワーもたくさんいる人だしね。ファミリーマートでカフェラテできるの待ってるときにそれ見つけて」

「前付き合ってた人って紗季さんのこと？」

「そう。僕がリリースしたアプリは自分のアイデアだって言ってて。それに対して自分は何の報酬ももらっていないって言ってて」

「うん」

「たしかに事業のきっかけになったのは彼女のアイデアだよ。でも彼女が言ったのは、同じような経験をした人や同じ悩みを抱えてる人とマッチングできるサイトがあればいいいねってことだけなんだ。その何気ない発言に目を留めて、アイデアを具体化させてビジネスとして成り立つか検討して、資金を調達して人に仕事を割り振って、リリースまで漕ぎ着けたのは僕の仕事なんだよ。思い付きでアイデアを言うだけなら誰にでもできるんだ」

「うん」

「たとえば小学生だって、学校や社会をより良くするためにはどうすればいいかと聞かれたらみんな何かしら答えるだろう。居酒屋の酔っ払いだって何かしらの意見は持っているだろう。でも具体的なアクションに移せる人は少ないし、それを実現させられる人はもっと少ない。この前ある作家のインタビューを読んだんだ。小説を書くとき、面白そうなアイデアを思い付くのは簡単で、それを最後まで書き切るのが大変だと言っていた。本当に大変なのはアイデアを出すことじゃなくてそれを実現することなんだ」

「うん、そうだよね」

「それを、いや、取り乱してごめんね。やっぱりこうして思考を言語化するのは大切だ。状況や気持ちを整理することができるし、客観的に見ることもできる。つまらない話を聞かせてごめん。ふうかちゃんがそばにいてよかった」

「ふうかがいてよかった?」

「うん、すごく助かる」

相槌《あいづち》を打ちながら、きっと碧くんはまだ混乱していると思った。碧くんは普段なら一人でこんなに長く喋ることはない。それはたぶん、わざわざ言葉にしなくても頭の中で十分整理がついているからだ。

碧くんがベッドから急に立ち上がり、窓辺の椅子に移ってファミリーマートのカフェラテを手にとった。私はベッドに取り残され、どうすればいいのかわからなくなった。

「まずは弁護士に対応を相談したほうがいいね。何か声明を出すにしてもそのほうがいいだろう。連絡先は登録していたんだっけな。以前やりとりをしたことがあるんだ。もう二十年くらい弁護士をやっている人で、安心して任せられる人だよ。それから、そうだ、ふうかちゃんの飲み物がないね。コーヒーでも淹《い》れようか」

自分で淹れると言いかけたが、何かすることがあったほうが碧くんの気が紛れるかもしれない。お願い、と私は言った。

「やることを洗い出さないといけないね。会社のみんなにも説明が必要だ。変な人が会社に電話をかけてくるかもしれないから、そのときの対応を決めておかないと。それにしても、どうして旅行中にこんなことを考えないといけないんだろう。ふうかちゃんにも申し訳ない。しかも今日はクリスマスイブなのに。紗季もクリスマスイブくらい嫌なことを忘れて楽しめばいいいんだ。いったいどこで何をしてるんだろう」

コーヒーを淹れると言っていたが、碧くんは立ち上がる気配がない。パソコンを開き、キーを叩き始めた。

「まずは弁護士に対応を相談したほうがいいね。何か声明を出すにしてもそのほうがいいだろう。連絡先は登録していたんだっけな」

さっきも言ったことを碧くんはもう一度繰り返した。さっきからずっと、碧くんは私と喋っているというよりは一人で喋っているみたいだ。私は急に自分が幽霊にでもなってしまったように感じた。

立ち上がって湯沸かし器を手にとった。お風呂場に行き、中に水を入れた。私の分だけあればいいから、ほんのちょろっとだ。

リビングに戻ると、碧くんは画面を見つめたままものすごい速度でキーを叩き続けていた。湯沸かし器をセットすると、お湯を沸かそうとして音を立てはじめた。碧くんはキーを叩くのに夢中で、私が自分でコーヒーを淹れようとしていることにまだ気付いていない。でも大丈夫だ。私は幽霊ではないから自分でコーヒーを淹れられるし、その気になれば大抵のことはひとりでできる。大人になる頃には、もっとたくさんのことがひとりでできるようになっているだろう。

お湯が沸くまではもう少し時間がかかる。私はお風呂場に戻って脚を入れた。右手を窓のほうへ伸ばし、指輪の向こうに夜景が見えるように写真を撮った。そして博多湾が三百二十度見渡せるこのホテル自慢の眺望をしばらく楽しんだ。

初出　「文藝」二〇二二年秋季号

遠野遥（とおの・はるか）
一九九一年神奈川県生まれ。二〇一九年、『改良』で第五六回文藝賞を受賞しデビュー。二〇二〇年、『破局』で第一六三回芥川龍之介賞を受賞。他の著書に『教育』がある。

浮遊

二〇二三年一月二〇日　初版印刷
二〇二三年一月三〇日　初版発行

著　者　遠野遥
発行者　小野寺優
発行所　株式会社河出書房新社
〒一五一－〇〇五一
東京都渋谷区千駄ヶ谷二－三二－二
電話〇三－三四〇四－一二〇一（営業）
〇三－三四〇四－八六一一（編集）
https://www.kawade.co.jp/
装　幀　佐藤亜沙美（サトウサンカイ）
装　画　槇本惠
組　版　KAWADE DTP WORKS
印　刷　株式会社亨有堂印刷所
製　本　小泉製本株式会社

Printed in Japan ISBN978-4-309-03089-0

教育

遠野遥

「この学校では、一日三回以上オーガズムに達すると成績が上がりやすいとされていて――」。勝てば天国、負ければ地獄の、規律と欲望が渦巻く学校。人間の倫理を問う、芥川賞受賞第一作。

河出文庫

破局

遠野遥

肉体も人生も、最適に鍛え上げた、はずだった——。ラグビー、筋トレ、恋とセックス。ふたりの女の間を行き来する、いびつなキャンパスライフ。時代を刷新する作家による、衝撃の傑作。第一六三回芥川賞受賞作。

河出文庫

改良

遠野遥

彼はただ、美しくなりたかっただけだった。しかし唯一のその欲望が理不尽な暴力を運んできて――。人間のリアリティをえぐるニヒリズム。鬼才・遠野遥のすべてはここからはじまった。第五六回文藝賞受賞作。

ジャクソンひとり

安堂ホセ

着ていたTシャツに隠されたコードから過激な動画が流出し、職場で嫌疑をかけられたジャクソンは三人の男に出会う。痛快な知恵で生き抜く若者たちの鮮烈なる逆襲劇！　第五九回文藝賞受賞作。

ビューティフルからビューティフルへ

日比野コレコ

絶望をドレスコードに生きる高三の静とナナは、「ことばぁ」という老婆の家に毎週通っていて――。ただみかけるパンチラインで語られる高校生たちのモノローグ。第五九回文藝賞受賞作。